당신의 친구가 될 식물을 찾아 주는
식물 사진관

당신의 친구가 될 식물을 찾아 주는

식물 사진관

글·사진 이정현

이 책은 식물에 관한 책입니다. 하지만 미리 고백해 두어야 하는 문제가 있습니다. 책을 쓰는 제가 악명 높은 '식물 킬러' '식물 똥손'이라는 것이지요. 저를 찾아왔던 식물 중 지금까지 살아남아 제 곁에 있는 식물은 별로 없습니다. 때로는 무관심 때문에, 때로는 지나친 애정 때문에, 그리고 대부분은 저의 무지 때문에 짧은 생을 비참히 마감한 식물이 훨씬 많습니다.

꽤 오랫동안 식물과의 그렇고 그런 서먹한 관계에 대해 저는 별다른 개선의 의지가 없었습니다. 그냥 '나는 식물과 안 맞는가 보다' 하고 말았지요. 그런데 어느 날부터 식물에 새삼스러운 관심이 생기기 시작했습니다. 시름시름 죽어 가는 우리 집 식물의 속사정이 궁금해졌고, 어딜 가든 그곳에 놓인 식물에 눈길이 갔습니다. 어떤 식물이 있는지, 식물의 상태는 어떤지에 따라 그곳 주인의 취향과 성실도를 제멋대로 추리해 보기도 했지요. 점점 식물을 잘 키우는 사람의 이야기를 귀 기울여 듣게 되고, 식물에 관한 책에도 손이 갔습니다. 그리고 식물 사진을 찍기 시작했습니다.

작은 관심은 금방 애정으로 발전했고, 나름 애틋하게 그 애정

4

을 키워 왔지만 안타깝게도 그래서 결국 식물을 잘 키우게 됐다는 해피 엔딩을 맞이한 것은 아닙니다. 애틋한 애정도 저를 '식물 금손'으로 만들어 주지는 못했습니다. 하지만 영 데면데면했던 식물과 저 사이의 온도는 확실히 달라졌습니다. 사람들이 왜 식물을 사랑하는지, 식물의 어떤 점이 아름다운지 조금씩 알아 가고 있지요.

어디서든 식물을 보면 반가운 마음이 듭니다. 어떤 식물인지 알고 싶고, 그 식물이 행복했으면 합니다. 이 새로운 사랑을 제가 얼마큼 책임질 수 있을지 또 식물들은 이에 대해 어떤 입장인지 정확히 알 수 없기에 무작정 들여놓지는 못하고 있지만, 식물이 저의 좋은 친구가 된 것은 분명합니다.

사정이 이렇다 보니 이 책은 식물 고수가 식물 잘 키우는 비법을 전수해 주는 책은 되지 못합니다. 그보다는 키우는 식물마다 족족 죽이던 식물 똥손이 사진을 찍으며 식물에 대해 조금씩 배우고 애정을 키워 가면서 서서히 친해지는 과정을 담은 책입니다. 식물을 좋아하기는 하지만 그에 대해 아는 것은 없던 제가 비숫한 심정의 사람들에게 전하는 편지에 더 가깝겠네요.

식물 공부를 시작하면서 찾아본 자료는 대부분 저에게 너무 어려웠습니다. 어떤 식물은 키우기 쉽다는 이야기도 야속하게만 들렸고요. 제가 몰라도 너무 몰랐던 거였죠. 분명 저 같은 사람들이 있을 거라는 생각이 들었습니다. 그래서 누구나 쉽게 읽을 수 있는 진짜 왕초보를 위한 식물책을 쓰고 싶었습니다. 물론 책에 담긴 정보는 최대한 정확해야 하므로 전문가들의 도움도 받았습니다. 그러면서 평소 잘못 알고 있던 것과 궁금했지만 어디에 물어봐야 하는지조차 몰랐던 것도 많이 알게 되었지요. 식물 세계의 빙내함과 다양함이 저의 상상을 뛰어넘는다는 사실도 다시 실감했습니다. 이 책에서 부족한 부분이 눈에 띈다면 그 때문이라고 변명하며 넉넉한 용서를 구하고 싶습니다.

그리고 저는 제가 할 수 있는 일을 열심히 했습니다. 애정을 담아 식물 하나하나를 찍으며 식물과 나 사이에 어떤 일이 일어나는지 관찰했습니다. 그 따뜻했던 기억을 나누고 싶습니다.

이 책의 주인공은 그동안 만났던 식물과 그 사진들입니다. 사진을 찍으며 식물과 친해진 과정을 비롯해 조금씩 알게 된 식물에 관한 정보와 여전히 궁금한 점을 정리해 보았습니다. 그리고 식물을 만나면서 느끼고 배운 것, 식물 덕분에 생각하게 된 것에 대해 썼습니다. 식물의 매력이 꾹꾹 담긴, 식물 초보 동지들에게 다정한 책이었으면 합니다.

사진을 찍으면 찍을수록 식물이 정말 멋진 피사체란 걸 느낍니다. 렌즈를 통해 자세히 들여다볼수록 처음 눈을 사로잡은 형태나 색감 이상의 것을 발견하게 됩니다. 한쪽으로 휘어지거나 혼자 쑥 자라 버린 줄기, 다른 잎에 비해 크기가 작거나 색이 바랬거나 이상하게 꼬불거리는 잎도 그 자체로 완벽한 아름다움을 만듭니다. 식물에 대한 지식이 없어도 그런 아름다움은 얼마든지 느낄 수 있습니다. 이런 마음이 식물을 더 알고 싶은 또 다른 마음을 불러오고, 그렇게 조금씩 식물과 친해지는 것이겠지요. 말수가 적은 친구를 사귀는 것과 비슷합니다. 식물도 하나하나 성격이 다르지만, 전반적으로 인간보다 훨씬 섬세하고 인내심이 깊은 것은 분명한 듯합니다. 그리고 말없이 아름답지요. 누가 이런 친구를 마다할 수 있을까요.

차 례

2장 식물을 공부하다

3장 식물이 있는 시간

1장 식물과 만나다

식물을 시작하는 날

괴마옥 *Euphorbia hypogaea*

─── ☼ ☕ 🌡 ───

괴마옥은 파인애플을 닮았지만 사실 파인애플과는 전혀 상관없는 다육식물입니다. 아래쪽 잎은 시간이 지나면 노랗게 변해 떨어지고 새로 나기를 반복합니다. 그러니 잎이 노래져도 너무 놀라지 마세요. 하지만 아래쪽이 아니라 중간 잎이 노랗게 변하면 물이 너무 차갑거나 부족해서 그런 것일 수 있습니다. 이때 물을 적절히 주면서 돌보면 다시 건강해지지만, 노랗게 변한 잎은 돌아오지 않으니 물 관리를 잘해야 합니다. 괴마옥 같은 유포르비아속의 식물은 줄기나 잎이 꺾이면 라텍스라고 하는 하얀 유액이 나오는데, 독성이 있기 때문에 아이나 반려동물과 함께 지낸다면 특히 주의해야 합니다.

빛   빛이 잘 드는 곳에 놓아 주세요. 하지만 한여름의 직사광선은 피하는 게 좋습니다.

물   흙이 잘 마르는 환경이라면 속흙이 말랐는지 자주 확인하고 물을 주세요. 하지만 흙이 잘 마르지 않는 환경이라면 물 주는 주기를 늘리고 통풍을 잘해야 해요. 겨울에는 물을 거의 주지 않아도 괜찮습니다.

온도 20~25도에서 잘 자랍니다. 따뜻한 실내에서 키우는 게 좋아요.

어느 날, 식물을 찍고 싶어졌습니다. 저는 식물에 관심이 있는 사람이 전혀 아니었는데 말이죠. 돌아보면 그즈음 제 주변에 그런 생각이 들게 할 만한 일이 슬금슬금 일어나고 있었습니다. 식물이 좋아졌다는 사람이 늘었고, 식물을 담은 멋진 사진들이 눈에 들어왔습니다. 제가 찍은 사진에 은근히 식물이 많다는 것도 알게 되었지요. 식물을 찍겠다고 마음먹자 식물이 좋은 피사체일 것이라는 느낌이 왔고 설레기 시작했습니다.

다행히 저에게는 친하게 지내는 동생 중 유능한 플로리스트가 있었고, 그 동생의 꽃집에는 늘 근사한 식물들이 있었습니다. 저는 거의 다짜고짜 꽃집의 식물을 빌려다 사진을 찍고 싶다고 했고, 꽃집 동생은 흔쾌히 언제든 와서 맘에 드는 식물을 데려가라고 했습니다. 사진을 찍겠다고 수많은 식물을 살 수도 없고, 사더라도 키우는 데 소질이라곤 없는 제가 감당할 수 있는 일이 아니었는데 정말 다행이었지요. 우리는 꽃집 근처 단골 피자집에서 이 프로젝트의 시작을 축하했습니다. 그렇게 저는 식물 사진을 찍게 되었습니다.

사진을 찍은 후에는 식물의 이름과 특징을 찾아보고, 그렇게 알게 된 정보와 사진을 SNS에 공유하면서 프로젝트를 이어 갔습니다. 덕분에 식물을 사랑하는 멋진 사람들이 얼마나 많은지 알게 되었고 이름을 아는 식물도 조금씩 늘어났습니다. 식물을 키우는 방법에 관한 공부도 걸음마를 시작할 수 있었지요.

괴마옥은 꽃집 동생과 둘이 잔뜩 들떠서 선택한 첫 식물입니다. 커서 파인애플이 되는 것은 아닌지 의심이 드는 모양새가 눈길을 끌었지요. 하지만 처음으로 찍는 식물이다 보니 어떻게 찍어야 할지 감이 오질 않아 촬영하면서 고생을 좀 하기도 했습니다. 똑같은 사진을 왜 이렇게 많이 찍었냐며 꽃집 동생에게 핀잔을 듣기도 했죠. 잘 보면 다 다른데 말입니다.

괴마옥이라는 이름은 어쩐지 조금 무시무시한데, '귀신을 쫓는 옥'이라는 뜻을 가지고 있답니다. 이 귀여운 식물이 어쩌다 그런 이름을 가지게 되었을까요? 파인애플선인장이라는 별명이 훨씬 잘 어울립니다. 괴마옥 이후로 식물의 이름은 저의 주된 관심사가 되었습니다. 왜 그런 이름을 갖게 되었는지 언뜻 이해되지 않는 식물은 괴마옥 말고도 한둘이 아니었습니다.

괴마옥이 정말 귀신을 쫓아 줄 리는 없지만, 저에게는 시작이 되어 준 의미 있는 식물입니다. 어디서라도 우연히 만나면 괜스레 반갑고, 건강하게 지내고 있는지 자세히 들여다보게 됩니다. 처음 찍은 괴마옥은 프로젝트의 시작을 기념하는 의미로 꽃집 동생이 연 이벤트를 통해 하필이면 저보다 더 식물에 무지한 친구에게 입양되었습니다. 아직 잘 지내고 있는지 갑자기 걱정되네요. 생각난 김에 한번 연락해 봐야겠습니다.

어떤 식물에 끌리나요?

포니테일그라스 *Nassella tenuissima*

☀ 🪴 🌡

포니테일그라스의 우리나라 이름은 털수염풀로, 학명은 나셀라 테누이시마입니다. 스티파로도 불려요. 하지만 전문가들 중에는 볏과인 나셀라보다는 사초과에 속하는 카렉스 코만스*Carex comans*와 더 비슷해 보인다는 의견을 주신 분도 있습니다. 둘은 줄기가 뻗는 모양이나 줄기의 단면이 다른데, 정확히 구분하려면 꽃대나 씨방도 관찰해야 합니다. 사진 속 식물은 아직 어린 개체인 데다 겨울철의 마른 모습이라 정확히 구분하는 것이 어려웠습니다. 아쉽게도 더 자라서 자신의 정체를 완전히 드러내기 전에 제 곁을 떠나 버렸습니다. 어찌 되었든 두 식물 다 야외에 풍성히 모아 심으면 바람에 흔들리는 모습이 근사한 정원 식물입니다. 화분에 담아 집 안에 들여 놓으면 야생을 들인 듯한 기분을 즐길 수 있어요. 대체로 초록색을 유지하지만 뜨거운 여름 햇빛을 많이 받으면 갈색으로 변할 수 있습니다. 늦은 봄부터 가을까지 청량한 푸른 잎이 안쪽에서 계속 자라납니다.

빛 햇빛을 충분히 받는 것이 좋습니다.

물 겉흙이 마른 것 같으면 물을 흠뻑 주고 잘 빠지게 해 주세요. 잎에 물을 뿌려 주는 것도 좋습니다. 보통 야외에서 키우는 식물이기 때문에 실내에서 키운다면 통풍에 주의해야 합니다. 특히 겨울에는 흙이 젖어 있지 않도록 신경 써야 해요.

온도 온도에 까다롭지 않지만 영하의 추위는 견디기 힘듭니다. 겨울철에는 건조하고 햇빛이 많이 드는 곳이 좋아요.

식물 사진을 찍는 일은 꽃집에 가서 식물을 고르는 것에서부터 시작됩니다. 내가 어떤 식물을 좋아하는지만큼 꽃집에 어떤 식물이 와 있는지가 중요하지요. 취향이 잘 맞는 꽃집에 가는 것은 그 자체로 행복한 일입니다. 꽃집 동생과 저는 둘 다 신기한 식물을 좋아합니다. 잎사귀가 희한하든 줄기가 오묘하든 이전에는 보지 못한 독특한 모양의 식물에 끌립니다. 방금 농장에서 가져온 싱싱한 모습도 좋지만 한 공간에서 시간을 보내며 자기 나름대로 적응해 자라난 모습은 더 좋습니다. 하지만 사람들이 많이 찾는 식물은 잘 죽지 않고 키우기 쉬우며 친숙한 모습을 가진 식물이기 때문에 신기하게 생긴 식물로만 꽃집을 채울 수는 없습니다.

다행히 식물 초보인 저는 아직 대부분의 식물이 신기합니다. 그렇지만 남의 식물을 빌려 와 사진을 찍는 것이다 보니 매우 신중하게 식물을 선택합니다. 아무리 제 마음을 쏙 뺏는 기묘한 모양의 식물이어도 너무 여려 보이면 데려오기가 망설여집니다. 아무래도 신기한 식물은 예민하고 까다로운 경우가 많고, 친숙한 식물은 웬만하면 환경에 잘 적응하는 경우가 많지요.

식물을 고를 때는 시각적인 매력을 먼저 보지만, 예쁜 모양만 보고 선택하는 것은 아닙니다. 보는 순간 어떤 느낌이 오느냐가 중요합니다. 어떻게 찍고 싶은지 금방 떠오르고, 그 상상 속 모습이 맘에 드는 식물을 고릅니다. 물론 언제나 상상대로 사진이 찍히는 것은 아니지만요.

식물과의 만남도 사람을 만날 때와 비슷한 것 같습니다. 외모가 먼저 눈에 들어오더라도 결국 눈빛이나 말투, 목소리, 작은 몸짓 등 다양한 요소들이 동원되어 그 사람의 이미지가 결정되죠. 식물이 가진 매력 또한 매우 복합적입니다. 식물도 살아 있는 생명이니까요. 첫눈에 예뻐 보이는 잎의 색이나 줄기 모양이 다가 아닙니다. 앞으로 나와 어떤 관계를 맺고, 서로 어떤 존재가 될지 미리 알 수는 없지요. 그래서 일단 저에게 주는 느낌에 집중하며 식물을 선택합니다.

포니테일그라스는 보는 순간 느낌이 왔습니다. 길게 고민할 필요 없었지요. 실컷 자다 일어난 사람의 머리처럼 부스스한 모양새도 그렇고, 이름대로 말꼬리처럼 길게 늘어지는 가는 줄기 끝이 고불고불 말려 있는 것도 딱 맘에 들었습니다. 바깥쪽 줄기는 마른 가을 갈대처럼 보이는데 안쪽에서 계속 청록색의 줄기가 자란다는 것도, 마른 잎만 보면 긴장하는 초보의 마음을 안심시켜 주었지요. 커다란 뭉텅이에서 이렇게 조금만 추려 토분에 담으니 사진을 찍는 내내 야생의 향기를 풍겼습니다.

사진을 찍는다는 것은 이전에는 보이지 않던 피사체의 진짜 모습을 카메라를 통해 발견하는 것이기도 합니다. 식물은 늘 얼핏 보면 알아차릴 수 없는 매력을 숨기고 있습니다. 사진을 찍는 것은 그 매력을 찾아내는 좋은 방법이지요. 찍으면 찍을수록 좋아질 뿐, 알고 보니 별로인 경우는 거의 없습니다. 이런 피사체를 만나기는 쉽지 않지요.

관찰의 시간

무늬몬스테라 *Monstera deliciosa* 'Variegata'

───────── ☼ ⬭ 🌡 ─────────

몬스테라의 인기 비결은 구멍이 나거나 끝이 갈라진 독특한 잎 모양입니다. 이에 더해 무늬몬스테라는 초록색과 흰색이 어우러진 오묘한 잎의 무늬도 감상할 수 있습니다. 어린잎이 돌돌 말려 있는 것은 몬스테라가 속한 외떡잎식물의 특징입니다. 구멍이 있는 잎은 처음부터 구멍이 뚫려 있는데, 그렇다고 새로 나온 잎에 구멍이 있는지 확인하기 위해 억지로 펴 보면 안 됩니다. 어릴 때는 구멍이 없는 잎만 나오다가 어느 정도 성장을 하면 구멍이 뚫리거나 찢어진 잎을 만들어 내기 시작합니다. 세월을 많이 보낸 몬스테라일수록 구멍도 더 많고 더 깊이 갈라진 잎이 나온다고 해요. 시중에 유통되는 어린 무늬몬스테라 중에는 몬스테라가 아닌 다른 식물도 있다고 합니다. 식물 초보가 진짜 무늬몬스테라를 알아내려면 시간이 지나면서 구멍 난 잎이 나오는지를 기다리는 수밖에 없죠. 일명 '구멍잎'과 '찢잎'이라고 불리는 이 독특한 특징은 사람들이 몬스테라의 미를 판단하는 중요한 기준이지만, 사실 커다란 나무가 많은 숲속에 사는 몬스테라가 아래쪽 잎에도 햇빛이 갈 수 있도록 하기 위해 선택한 방법이랍니다.

빛   간접적으로 들어오는 밝은 빛을 충분히 받는 게 좋습니다. 그늘에서도 어느 정도 버티지만, 무늬가 있는 식물은 무늬가 없는 종보다 더 많은 빛이 필요해요. 빛을 많이 받으면 무늬도 뚜렷해지고 구멍 잎도 더 많이 볼 수 있습니다.

물   봄가을에는 흙 표면이 마르면 물을 주고, 여름에는 물을 좀 더 자주 줘 흙이 마르지 않게 합니다. 가을부터 물을 줄이고 겨울에는 건조하게 키우세요.

온도 열대식물이기 때문에 따뜻한 것을 좋아합니다. 베란다에서 키운다면 겨울에는 실내로 들여놓는 게 안전해요.

식물을 데려왔다고 바로 사진을 찍지는 못합니다. 친해지는 시간이 조금 필요합니다. 새로운 사람을 만나면 마음을 열 때까지 시간이 필요한 것처럼요. 데려온 식물은 먼저 집에서 햇빛이 가장 잘 드는 거실 한가운데 둡니다. 혼자가 된 식물은 와글거리는 꽃집이나 농장에서 다른 식물과 어울려 있을 때와는 달라 보입니다. 훨씬 특별해 보이지요. 새로 온 식물은 늘 주인공입니다.

첫날은 왠지 쑥스러울 것 같아 혼자만의 시간을 주고, 다음 날 아침 눈을 뜨면 바로 달려가 상태를 확인합니다. 굉장히 긴장되는 순간이죠. 식물이 집에 있는 동안 저는 초긴장 상태로 식물을 관찰합니다. 되도록 빨리 촬영하고 돌려보내지만, 실은 그 짧은 시간에 저세상으로 보낸 식물도 적지 않습니다. 그럴 땐 말로 다 할 수 없이 미안하고 절망적입니다. 그러나 촬영 횟수가 늘수록 식물을 임시 보호하는 저의 솜씨도 조금씩 나아졌습니다.

식물 고수들은 종종 '자세히 바라보면 식물이 당신에게 말을 한다' '열심히 들여다보면 무엇이 필요한지 알게 될 것이다'와 같은 이야기를 합니다. 안타깝게도 저는 그렇게 식물과 대화가 통하는 경지에는 이르지 못했습니다. 하지만 사진을 찍으면서 그전과는 비교할 수 없을 만큼 면밀하게 식물의 상태를 관찰하게 되었습니다. 덕분에 지금 이 식물이 편안한 상태인지 아닌지 조금 감이 올 때도 있습니다. 가끔은 호기롭게 진단을 내려 물을 주기도 하고 햇빛에 내놓기도 합니다. 물론 늘 성공하는 것은 아니지만요. 사진을 찍을 때도 관찰은 매우 중요합니다. 보는 것에서부터 모든

것이 시작됩니다. 식물뿐 아니라 모든 피사체가 마찬가지지요. 바라보는 눈에 애정이 담기면 멋진 일이 일어날 수 있습니다.

몬스테라를 키우면 오매불망 구멍잎과 찢잎의 등장을 기다리게 됩니다. 구멍이 많을수록, 잎이 더 갈기갈기 찢어질수록 자랑스럽지요. 빛을 많이 받아야 구멍잎과 찢잎이 더 많이 생긴다고 해서 햇빛이 드는 창가에 무늬몬스테라를 바짝 붙여 놓고 지켜봤습니다. 물론 저와 함께 있는 동안 구멍 난 잎이 더 생기는 일은 없었습니다. 사진 속 돌돌 말린 어린잎도 저의 주요 관찰 대상이었습니다. 매일 아침 아기 잎이 얼마나 펴졌나 살폈지만, 역시나 큰 변화는 없었습니다.

하지만 식물이 매일 그대로인 것은 실망할 일이 아닙니다. 그 모습을 유지하기 위해 식물은 최선을 다하고 있고, 그건 엄청나게 많은 일이 정상적으로 일어나야 가능합니다. 빛과 물의 양, 흙의 상태, 온도, 습도 등 수많은 요소가 협조를 해야 하지요.

환경이 맘에 안 들면 가차 없이 상태가 나빠지는 식물이 있는가 하면, 금방 불만을 표현하지 않는 식물도 있습니다. 건강하게 살아 있는 건지, 티 내지 않고 병들어 가고 있는 건지 너무 늦지 않게 알아차리려면 매일 성실하게 관찰하는 수밖에 없습니다. 금세 구멍잎이 나오거나 아기 잎이 펴지지 않아도 말이지요. 열심히 관찰하다 보면 언젠가 식물의 목소리를 들을 수 있을지도 모릅니다.

식물 사진을 찍는 이유

청산호 *Euphorbia alluaudii*

— ☀ 🪔 🌡 —

청산호라고 불리는 식물은 여럿이 있는데, 대표적인 것이 사진 속의 식물과 유포르
비아 티루칼리E. tirucalli라는 학명을 가진 식물이에요. 청산호 외에도 파티오라, 청
기린, 녹산호, 연필선인장 등 이 둘을 부르는 여러 유통명과 별명이 뒤섞여 있어 모
양과 학명으로 구분하는 게 좋습니다. 저도 꽤 오래 두 식물을 혼동해서 알고 있었
어요. 사진 속 유포르비아 알루아우디는 백은산호 또는 비취목으로도 불리고, 유포
르비아 레우코덴드론E. leucodendron이라는 학명도 함께 씁니다. 원산지인 마다가스
카르에서는 커다란 나무로 자란다고 해요. 봄에는 긴 가지 끝에서 종 모양의 노란색
꽃이 핍니다. 줄기가 굵고 꼿꼿하며 위를 향해 천천히 자라지요. 반면, 유포르비아
티루칼리는 자라는 속도가 빠르고 옆으로 뻗어 나가며 가을이면 줄기 끝이 빨갛게
물듭니다. 둘 다 유포르비아속이기 때문에 줄기가 꺾였을 때 나오는 하얀 유액의 독
성을 조심해야 합니다.

빛   빛이 잘 드는 밝은 창가에 두면 좋습니다. 그늘에서도 어느 정도 견
      디지만 빛을 충분히 받아야 색깔도 진해지고 줄기가 굵어져요.
물   봄여름에는 줄기에서 잎이 돋고 속흙까지 말랐을 때 물을 주세요.
      겨울에는 물을 줄여 건조하게 키우는 게 좋습니다. 뿌리 주변 흙이
      젖어 있으면 안 되기 때문에 물이 잘 빠질 수 있게 해야 합니다. 특
      히 겨울에 흙이 젖어 있으면 위험합니다.
온도   10~21도 사이에서 잘 자랍니다. 추위도 어느 정도 견디지만, 너무
      춥지 않게 5~7도 이상은 유지해야 해요.

사진을 찍는 일은 항상 새로운 피사체를 찾아 색다른 시각으로 담아야 한다는 부담감에서 자유롭지 못합니다. 즐겁게 찍고 싶지만 어리석게도 잘 찍고 싶은 욕심에 발목을 잡힐 때가 많죠. 그런 생각으로 한창 머릿속이 복잡하고 답답할 때 식물 사진을 찍기 시작했습니다. 식물만큼은 정말 아무 생각 없이 찍고 싶은 대로 찍으리라 마음먹었습니다. '이런 사진이 멋있는 사진이야' 하고 은근슬쩍 자리 잡은 제 머릿속 고집을 시원하게 날려 버리는 기회로 삼고 싶었지요.

식물은 그런 면에서 더없이 좋은 피사체였습니다. 하나하나 경이로울 정도로 새롭고, 아무리 부지런히 찍어도 평생 그 종류를 다 만나 볼 수 없을 만큼 무궁무진하니까요. 처음 보는 신기한 모양의 식물은 물론이고, 익숙한 식물도 카메라를 통해 보면 언제나 새로운 면이 있습니다. 모두 초록색인 것 같지만 같은 초록색은 하나도 없고, 한 줄기에서 자란 잎사귀도 완전히 똑같은 모양은 없지요. 얼마큼 나이가 든 아이인지, 어떤 방식으로 키우는 농장에서 자랐는지, 누구를 통해서 어떤 화분에 담겼는지, 지금 환경에는 어떻게 적응했는지 등 다양한 요인이 각각의 식물에게 개성을 주고 새로운 피사체로 만듭니다.

멋진 사진을 찍고 싶다는 욕심을 완전히 버릴 수는 없었지만 멋진 피사체가 제 앞에 있다는 것만은 확실했지요. 그 덕에 눈앞의 식물이 어떤 형태와 질감을 가졌는지, 색은 어떤지, 빛에 따라 어떻게 변하고, 어떤 거리와 각도에서 바라보는 것이 좋을지 등

사진의 가장 기본적인 요소에 더욱 충실할 수 있었습니다. 무엇을 찍든 사진에 있어 가장 중요한 본질을 식물이 다시 한번 깨닫게 해 준 것입니다. 그리고 제가 그런 것을 바라보는 일을 좋아하고, 그래서 사진을 좋아한다는 것을 다시 생각할 수 있게 해 주었지요. 여러모로 식물은 저에게 은인 같은 피사체입니다.

청산호는 이런 기본적인 아름다움에 집중할 수 있게 하는 식물입니다. 사진을 찍으면서 더 좋아진 대표적인 식물이지요. 줄기가 뻗는 모양이 다양해 어떤 수형을 선택하느냐에 따라 개성 있는 식구가 될 수 있습니다. 여러 줄기를 모아 키우는 경우가 많지만, 이렇게 한 줄기만 따로 심어진 모습도 강렬합니다. 줄기가 만드는 선은 화려하지 않아도 시선을 끌지요. 단순하지만 힘이 넘치는 조각품 같은 조형미가 느껴집니다. 게다가 줄기 끝에서 돋아난 작은 잎은 자세히 보지 않으면 놓치기 쉬운 반전의 매력을 선사합니다. 저도 사진을 찍으면서 뒤늦게 발견했지요. 요 작은 잎은 청산호가 잘 자라고 있다는 증거이기도 합니다. 잎이 떨어지면서 남는 흔적도 근사한 무늬가 됩니다. 볼수록 기하학적인 아름다움과 청량한 생명력을 단단히 품고 있는, 빈틈없이 매력적인 식물입니다. 그러고 보니 단순해 보이는 것 중 정말 단순하기만 한 것은 없는 듯합니다.

식물을 찍는 즐거움

여우꼬리선인장 *Cleistocactus winteri*

───────────── ☀ ⌂ 🌡 ─────────────

촘촘한 황금색 가시로 뒤덮인 모습이 금빛 털을 가진 동물 꼬리처럼 생겨서인지 여우꼬리라는 이름이 붙은 선인장입니다. 영어 이름은 황금쥐꼬리golden rat tail예요. 이 외에도 쥐꼬리, 원숭이꼬리 등 온갖 동물의 꼬리로 이 선인장을 부르기도 하지만, 사실 모두 다른 종류의 선인장입니다. 나이가 들면서 아래로 늘어지며 자라기 때문에 공중에 걸어 놓고 키우는 행잉 플랜트로도 손색이 없습니다. 선인장치고는 빨리 자라는 편이고 새끼도 잘 만들어요. 화분에서 흘러넘치듯 이 꼬리 여러 개가 바글바글 비집고 나오면서 저마다 개성 있는 모습으로 뻗어 나갑니다.

빛　창문을 통해 들어오는 빛처럼 밝은 간접광을 충분히 받을 수 있는 반양지에 놓는 게 좋습니다. 직사광선은 너무 오래 받지 않도록 해 주세요.

물　햇빛이 많은 여름철에는 일주일에 한 번 정도 줘도 되는데, 물을 주기 전에 흙이 완전히 말랐는지 확인하고 주세요. 장마철에는 물을 안 주는 게 좋아요. 가을이 되면서 온도가 내려가기 시작하면 물 주는 빈도를 줄이고, 겨울이 되면 거의 주지 않아도 됩니다.

온도　햇빛만 충분하면 추위도 잘 견디는 편이지만, 겨울에도 5도 정도의 온도는 유지하는 것이 좋습니다. 겨울을 서늘하게 보내면 꽃이 더 잘 핀다고 해요.

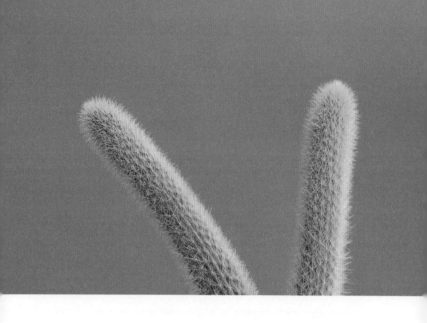

　식물 사진을 찍기로 마음먹고 가장 걱정했던 것은 과연 식물
을 어디에 놓고 찍는가 하는 문제였습니다. 제가 반했던 사진 속
식물은 대부분 근사한 공간에 자리 잡고 있었기 때문이지요. 사
진을 찍기도 전부터 우리 집의 지극히 자연스러운 인테리어 상태
가 크게 우려되었습니다. 처음에는 스튜디오를 빌릴 생각도 하고
인테리어에 힘을 준 친구들 집을 섭외하기도 했죠.

　하지만 그렇게 사진 찍을 공간을 찾는 데 힘을 쏟는 것은 처음
생각한 그림과 맞지 않았습니다. 사진 찍는 것 자체를 즐기고 싶
어서 식물을 찍기로 해 놓고, 멋진 공간부터 찾는다는 게 이미 엉
뚱한 욕심이 앞서고 있다는 증거였습니다. 저는 근사한 사진보다

는 찍으면서 즐거운 게 더 중요하다고 저 자신에게 선언했습니다. 적어도 식물은 그렇게 찍고 싶었습니다. 그 후로는 큰 고민 없이 우리 집 거실로 식물을 데려왔습니다. 평범하고 비좁은 공간이지만 누구 눈치도 보지 않고 맘대로 카메라를 들었다 놨다 할 수 있고, 오늘 찍다가 해가 지면 내일 아침에 일어나 찍어도 되고, 또 그럴 때마다 달라 보이는 장소이지요. 빛도 제법 잘 들고요. 게으른 저에게는 그것으로 충분하다는 것을 금방 깨달았습니다.

저는 항상 좋은 사진이 특별한 장소, 최적의 시간대에 최고급 장비로만 탄생하는 것은 아니라고 믿어 왔습니다. 하지만 막상 사진을 찍을 때는 모든 게 완벽하게 갖춰져 있었으면 하지요. 그걸 신경 쓰는 동안 정작 중요한 피사체는 뒷전이 돼 버리곤 합니다. 식물이 피사체로서 가지는 존재감은 제가 그런 실수를 하지 않도록 도와주었습니다. 여우꼬리선인장은 특히 카리스마가 넘치는 피사체입니다. 존재감이 뛰어나서 확실하게 프레임을 장악하죠. 자라는 기세가 워낙 좋아 아래로 길게 늘어뜨리며 키울 수 있는 선인장이라는 사실이 매우 유혹적입니다. 사진처럼 독특한 모양으로 줄기가 자라기도 하지요.

이렇게 개성이 확실한 모델을 만나면 딴생각할 겨를 없이 프레임 안으로 빠져들게 됩니다. 멋진 공간이나 좋은 카메라가 없어도 충분합니다. 나머지는 식물이 알아서 해 주니까요. 식물은 그만한 힘을 가진 피사체입니다. 그러니 어느 날 식물 사진을 찍고 싶어졌다면 망설이지 마세요.

빛 아래 식물 읽기

회오리선인장 *Cereus forbesii* 'Spiralis'

—— ☀ ☕ 🌡 ——

퍼베시(포르베시)선인장 또는 나선형귀면각이라고도 불립니다. 귀면각과 비슷하긴 하지만 같은 속에 속하는 다른 선인장이에요. 귀면각과 교배하여 이런 형태를 만든 선인장도 있는데, 그건 가시가 더 깁니다. 세레우스 퍼베시 대신 세레우스 발리두스 C. validus라는 학명도 쓰지만, 퍼베시선인장이 더 잘 알려진 이름이지요. 어찌 됐든 회오리가 휘몰아치는 듯한 모양으로 돌돌 말린 신비한 모습은 회오리선인장이라는 이름이 제일 잘 어울리는 것 같습니다. 선인장 중에서도 잘 자라는 편이라 2년에 한 번 정도 분갈이를 하는 게 좋습니다. 2~4미터까지 자란다고 하니 대형 선인장의 꿈을 키워 볼 수 있지 않을까요?

빛   어릴 때는 살짝 그늘이 있는 곳이 좋고, 다 자라고 나면 햇빛이 충분히 들어오는 곳이 좋습니다.

물   봄에서 가을까지는 흙이 완전히 마르면 물을 주고 잘 빠지게 하는 것이 매우 중요합니다. 장마철에는 물을 줄이고 과습에 주의하세요. 겨울에는 단수하고 건조하게 키워야 합니다.

온도   겨울에는 0도 정도까지는 괜찮지만, 그 이하로 너무 추워지지 않게 조심해야 합니다.

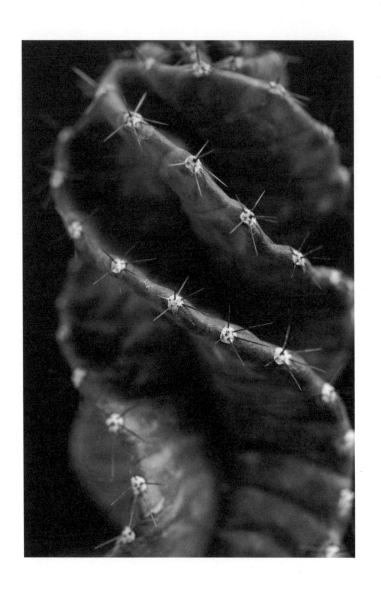

사진을 찍을 때는 빛을 읽는 것이 매우 중요합니다. 빛은 피사체가 가진 질감을 드러내고 피사체의 색이 어떻게 표현될지 결정하죠. 같은 식물도 어떤 빛을 받느냐에 따라 다른 얼굴을 하게 됩니다. 그래서 식물 사진을 찍기 위한 장소를 선택할 때 가장 중요한 점은 어떤 빛이 들어오는 곳인지 살펴보는 것입니다. 반드시 비싼 조명 장비가 있어야 하는 것은 아닙니다. 자연스러운 사진을 선호하는 사람이라면 햇빛만으로 충분하죠.

저는 거실 창 앞의 작은 테이블에 식물을 올려 두고 촬영하는 것을 가장 좋아합니다. 구름 한 점 없이 맑은 날에는 강한 빛이 들어와 선명한 그림자를 만듭니다. 진한 그림자를 원하지 않는다면 블라인드를 내려 부드러운 빛으로 바꿀 수 있습니다. 블라인드 대신 하얀 커튼도 좋고, 그것도 없다면 크고 흰 종이를 창문에 붙여도 좋습니다. 자세히 들여다보면 빛의 성격이 변하면서 식물의 질감은 물론 식물이 가진 색도 달라집니다.

그 날의 빛에 따라 섬세하게 달라지는 식물의 분위기를 읽는 일에 가장 많은 시간을 투자합니다. 식물에 드리운 짙은 그림자가 영 맘에 들지 않거나 빛이 부족한 것처럼 느껴지면 창문 맞은 편에 넉넉한 크기의 흰 종이를 세웁니다. 창으로 들어온 빛을 반사해 그림자가 생기는 쪽을 환하게 비춰 주지요. 종이와 식물 사이의 거리를 조절하면 그림자 부분의 밝기도 달라집니다. 꽤 섬세한 작업이지만 눈으로도 차이가 분명히 보이기 때문에 어렵지 않습니다. 이 식물을 어떻게 찍고 싶은지, 어떤 점이 매력적인지

생각해 볼 수 있는 중요한 시간이지요. 평소 보이지 않던 식물의
상태가 눈에 들어오기도 합니다.

　회오리선인장을 촬영하던 날은 제가 사진 찍기 가장 좋아하는
날씨였습니다. 구름이 많은 밝은 날이었지요. 해가 쨍한 것도 아
니고 먹구름이 껴 잔뜩 흐린 날도 아니었습니다. 그런 날의 빛은
은근하면서도 넉넉하고, 그림자는 부드럽습니다. 소프트아이스
크림처럼 돌돌 말려 있는 이 선인장의 줄기를 표현하기에 더할 나
위 없이 좋은 빛이었습니다. 줄기 끝을 따라 일정한 간격으로 자
리 잡은 가시도, 줄기가 몸을 돌리면서 생긴 깊은 골짜기도, 자세
히 봐야 알 수 있는 미묘한 색의 변화를 만드는 울퉁불퉁한 줄기

표면도, 그 빛 아래에서 잘 드러났지요.

　햇빛은 자연의 아름다움을 가장 풍성하게 보여 줄 수 있는 빛이지만, 안타깝게도 맘대로 조절할 수 없습니다. 게다가 하루 종일 변화무쌍하게 성격이 바뀌지요. 아침에 조금만 늑장을 부려도 촬영할 수 있는 시간이 훅 줄어들고, 아무리 흥이 올라도 저녁이 되면 해는 어김없이 뉘엿뉘엿 지고 맙니다. 그럴 때는 조명 장비의 도움을 받을 수도 있습니다. 하지만, 저는 순순히 카메라를 내려놓기로 했습니다. 날이 좋으면 좋은 대로 아니면 아닌 대로, 우리도 식물도 거기에 맞춰 살아가니까요. 다만 아침 햇빛을 놓치지 않기 위해 조금 일찍 일어나는 노력은 해 봐도 좋겠습니다.

식물 사진을 위한 공간

무을녀 *Crassula rupestris* subsp. *marnieriana*

——— ☀ 🪣 🌡 ———

무을녀는 섬세한 모양의 잎이 줄기를 따라 차곡차곡 탑처럼 쌓이는 것이 특징인 다육입니다. 아래로 늘어지면서도 계속해서 꽃 모양의 잎사귀를 밀어 올리는 모습이 인상적이지요. 무을녀와 함께 희성, 루페스트리 등은 크라슐라 루페스트리스종에 속한 형제들로, 모두 같은 특성을 가지고 있어 '탑돌이'라고도 불립니다. 다들 비슷비슷하게 생겨서 잎의 모양과 크기의 미세한 차이를 보고 구분해야 해요. 무을녀라는 이름은 아마도 일본에서 넘어온 듯한데, 이렇게 귀여운 식물에게 붙이기엔 이름이 너무 난해하지 않은가 싶기도 합니다. 화분에 꽉 차게 사는 걸 좋아한다고 하니 분갈이는 자주 안 해 줘도 되겠어요.

빛   밝은 빛을 많이 받게 해 주세요. 빛을 충분히 받으면 잎끝부터 빨갛게 물듭니다. 베란다에서 키우기 좋아요.

물   만져 봤을 때 잎이 말랑거리거나 쪼글쪼글하면 물을 주세요. 잎이 많아서 다른 다육식물에 비해 물 주는 주기가 짧을 수 있어요. 잎에 물이 닿으면 좋지 않으니 화분 밑을 물에 담가 뿌리 끝부터 천천히 물을 빨아들일 수 있게 하는 것이 안전합니다. 하지만 과습은 위험하기 때문에 물에 담근 후 10~20분 뒤에는 꺼내서 흙이 잘 마르도록 해야 합니다.

온도 15~30도의 온도에서 잘 자라니 따뜻하게 키워야 합니다. 야외에서 키운다면 겨울에는 안으로 들여놓고, 베란다에서 키운다면 온도가 영하로 떨어지지 않는지 살펴 주세요.

어디에 렌즈를 대도 그럴듯한 곳에서 사진을 찍는다면 당연히 좋겠지만, 평범한 집 안에서도 좋은 식물 사진을 못 찍을 이유는 없습니다. 소박한 환경일수록 주인공에 더욱 집중할 수 있다는 장점도 있지요. 다만 좀 더 신중하게 프레임을 잡고, 프레임 안 구석구석을 꼼꼼하게 정리해야 합니다.

먼저 빛이 잘 들어오는 곳 중에서 가구나 물건의 방해가 없는 빈 벽을 찾습니다. 면적이 넓은 것보다는 주변을 비워 놓을 수 있는 공간을 확보하는 것이 중요합니다. 둘러싼 배경이 주인공에게 시선이 가게 도와주는지, 아니면 시선을 분산시키는지 살피면서 프레임을 잡습니다. 꼭 렌즈를 통해 봐야 합니다. 렌즈를 통해 보이지 않는 프레임 바깥에는 미처 개지 못한 빨래가 쌓여 있을 수도, 방금 먹고 안 치운 아침상이 놓여 있을 수도 있습니다. 어떻게 프레임을 잡느냐에 따라 생활의 흔적이 넘치는 공간에서도 깔끔한 사진을 찍을 수 있다는 이야기지요.

벽지가 무난한 흰색이나 아이보리색 혹은 식물과 어울리는 색이라면 그대로 사진을 찍어도 좋습니다. 아니면 좋아하는 색의 색지나 천을 벽에 붙이는 것도 괜찮은 방법입니다. 생각보다 넉넉한 크기로 준비해야 프레임을 보다 자유롭게 잡을 수 있습니다. 저는 칙칙한 회색과 단순한 배경을 좋아하지만, 화려한 무늬의 배경이나 다양한 소품을 이용해 찍는 사람의 개성을 한껏 드러내는 것도 멋지다고 생각합니다. 다만 눈으로 보는 것과 렌즈를 통해 식물과 함께 배치된 모습을 보는 것은 다를 때가 많음을 명심

해야 합니다. 저도 공들여 준비한 색지와 천이 흉측한 결과를 낳아 놀랐던 적이 꽤 있습니다.

식물이 놓일 바닥도 중요합니다. 예쁘게 찍히는 상판을 가진 테이블이 있다면 촬영 세팅의 가장 어려운 부분을 해결한 것이라고 봐도 좋습니다. 저는 꽃집 동생이 준 원목 두부판을 가장 좋아합니다. 나뭇결과 색감이 식물과 잘 어울려 제 보물 중 하나지요. 맘에 드는 바닥판이나 테이블이 없다면 역시 색지나 천을 이용할 수 있습니다.

들어오는 빛에 따라 배경과 바닥의 색이나 명암이 달리 표현되는 것도 놓치지 않고 관찰해야 하는 부분입니다. 촬영할 때의 재미이기도 하지요. 취향대로 프레임 안에 이것저것 넣었다 빼 보고, 렌즈를 통해 신중히 공간과 빛을 관찰해 보세요. 식물은 인내심이 강한 모델이니 시간을 충분히 사용해도 좋습니다.

사진 속 무을녀는 꽃집 동생이 야심 차게 영국에서 직접 공수한 나무 화분에 담겨 있습니다. 저는 아끼는 두부판 위에 제가 아기일 때부터 있었던 엄마의 오래된 테이블보를 깔았습니다. 벽에는 몇 번의 실패 끝에 겨우 만난 '벚꽃'이라는 이름의 색지를 붙였지요.

언뜻 단순한 것 같은 사진 속에는 가느다란 줄기에 댕글댕글 달린 잎사귀만큼이나 다양한 사연을 가진 소재가 모여 있습니다. 우리는 프레임 안을 볼 뿐이지만, 프레임에 담기는 것 이상의 이야기는 늘 있는 법이죠.

눈높이 맞추기

방울복랑 *Cotyledon orbiculata* 'Oophylla'

— ☀ 🪣 🌡 —

동글동글하고 통통한 잎에 도는 푸른빛이 오묘한 분위기를 풍기는 방울복랑입니다. 잎이 조금 길쭉한 것은 복랑, 더 짧고 동그란 것은 방울복랑이라고 합니다. 잎이 노란색으로 물드는 방울복랑금은 굉장히 귀한 다육으로 꼽힙니다. 한번 환경에 적응하면 무난하게 잘 자라지만, 처음에 뿌리 내려서 자리 잡는 게 어렵기 때문에 식물 초보라면 애초부터 줄기가 튼튼하게 서 있는 것으로 선택하는 게 좋습니다.

빛 햇빛을 충분히 받는 양지가 좋지만, 한여름 낮에는 잠시 빛을 피해 주세요.

물 건조하게 키우는 게 좋습니다. 통통한 잎 안에 물이 많이 저장되어 있어 물을 자주 주면 안 돼요. 속흙이 다 마르면 화분 밑을 물에 담가 위쪽의 흙이 촉촉해질 때까지 물을 올려 주세요. 장마철에는 단수하는 게 좋습니다. 통풍이 잘 되어야 한다는 점도 잊지 마세요.

온도 겨울에는 5도 이상에서 월동 가능합니다.

꽃집이나 식물원에서 사람 키보다 큰 식물을 보면 무척 탐이 납니다. 집에 저런 식물이 있으면 얼마나 멋질까 하는 생각에 넋을 잃고 올려다보곤 하지요. 하지만 식물을 빌려 와 사진을 찍는 저에게는 아쉽게도 그렇게 덩치 큰 식물을 차에 실어 옮길 만한 배포가 없습니다. 저 같은 사정이 아니더라도 집으로 들여오는 식물은 사람보다 키가 한참 작은 경우가 더 많지요. 그래서 식물을 천장에 매달거나 선반 위 높은 곳에 올려놓지 않는 이상, 보통은 식물을 내려다보게 됩니다. 하지만 사진을 찍을 때는 늘 보던 각도에서 벗어나 다양한 시선으로 식물을 관찰하는 게 좋습니다.

사람을 찍을 때 더 예뻐 보이는 각도를 찾으려고 카메라의 위치를 다양하게 바꿔 보듯이, 식물도 더 예뻐 보이는 각도가 있습니다. 사진 찍는 사람이 어디에 자리를 잡고 어디에 초점을 맞추어 보느냐에 따라서 다른 얼굴을 보여 주지요. 가장 좋은 위치를 금방 찾을 때도 있지만, 그렇지 않을 때도 많습니다. 분명 예쁜 식물인데 사방팔방에서 몸을 비틀어 가며 사진을 찍어도 영 각도를 못 찾을 때도 있지요. 그럴 때면 식물에게 이만저만 미안한 게 아닙니다.

일단 시작은 식물과 키를 맞추어 보는 것이 좋습니다. 쉽게 말해 정면이라고 할 수 있는 각도인데, 의외로 우리가 흔히 식물을 바라보는 각도가 아닙니다. 하지만 식물의 전체적인 윤곽선을 가장 잘 관찰할 수 있는 각도이지요. 배경이 어떤지가 매우 중요해지는 위치이기도 합니다.

잎의 무늬나 색이 특별히 아름다울 때는 위에서 내려다보며 촬영해 최대한 그 모습을 담아도 좋습니다. 어떤 식물은 한 걸음 뒤로 가 전체를 다 담았을 때 장점이 온전히 부각되고, 어떤 식물은 코가 닿을 만큼 가까이 들여다봤을 때 몰랐던 면이 나타나기도 하지요. 결국 이래저래 많이 움직여 보는 것이 가장 좋습니다. 최고의 장면을 찾으려는 노력은 해야 하지만 정해진 답이 있는 것은 아닙니다.

방울복랑은 처음 봤을 때보다 사진을 찍으면서 더 많은 매력이 드러난 식물입니다. 눈높이를 이리저리 맞추다 보니 어느 순간 동화 속에 나오는 신비한 힘을 가진 마법의 나무처럼 보이기도 했지요. 이름처럼 방울 소리가 날 것 같은 탱탱한 잎의 형태, 은색과 청색이 섞인 가루가 뿌려진 듯 신비로운 색감은 사진을 통해 더 잘 드러나는 것 같습니다. 은은하게 잎과 줄기를 비춰 준 그날의 빛도 큰 몫을 했지요.

어떤 사람은 알면 알수록 처음 만났을 때의 호감을 깎아 먹기도 하는데, 식물은 거의 그런 일이 없습니다. 많은 시간과 애정을 쏟을수록 더 많은 매력을 보여 줍니다. 안심하고 맘껏 시간을 투자해서 정성껏 눈높이를 맞춰도 손해 볼 일은 없지요.

식물에 담기는 시간

떡갈잎고무나무 *Ficus lyrata*

─── ☼ ⌾ 🌡 ───

탄탄하고 큼지막한 잎 모양이 떡갈나무 잎과 비슷해서 붙은 이름이지만 엄연히 다른 나무예요. 바이올린을 닮기도 해서 영어 별명은 바이올린잎무화과_fiddle-leaf fig_입니다. 무화과나무와 같은 속이거든요. 잎 모양만큼 전체적인 수형도 독특하고 자유분방하지요. 한창 자랄 때는 봄이 되면 까만 줄기를 열고 초록색 새잎이 쑥쑥 나옵니다. 새잎은 한동안 줄기 쪽으로 모인 채 있습니다. 그래서 잎의 뒷면만 보게 되는데, 잎맥이 울퉁불퉁 도드라진 뒷면도 개성이 넘칩니다. 아직 바이올린 모양을 갖추지 못한 어린잎이 우물쭈물 모양을 만드는 모습이 무척 귀여운데, 빛을 잘 받으면 순식간에 어른 잎으로 자라납니다.

빛   빛을 많이 받으면 더 잘 자랍니다. 창가나 베란다에 놓아두면 좋습니다. 빛이 부족하면 금방 시들어요.

물   물을 너무 많이 주면 잎이 검게 변하면서 떨어져요. 겉흙이 마르거나 잎이 뒤로 처졌을 때 물을 흠뻑 주고 잘 빠지게 해 주세요. 따뜻한 계절에는 전체적으로 물을 뿌려 주는 것도 좋습니다. 겨울에는 물 주는 간격을 늘려 속흙까지 말랐을 때 주세요.

온도 따뜻한 온도를 좋아합니다. 겨울에도 10도 이상 되는 곳에 두세요.

멀리 사는 친구가 가끔 아기들 사진을 보내 줍니다. 시간이 얼마 지나지 않은 것 같은데 사진 속 아기들은 쑥쑥 자라 있습니다. 아기들이 잘 크고 있는 건 안심할 일이지만, 한편으로는 조금 쓸쓸한 마음으로 시간이 성실하게 흐르고 있음을 확인하게 되는 순간이기도 합니다.

식물은 아무리 열심히 바라봐도 눈에 띄는 변화를 보여 주는 일이 드뭅니다. 매일 보는 식물은 더욱 그렇지요. 물이 부족하거나 지나치게 많아도, 공기가 답답해도, 살고 있는 화분이 좁아져도, 너무 덥거나 혹은 추워도, 인내심 강한 식물은 금방 티를 내지 않습니다. 입이 무거운 식물을 보며 지레짐작으로 조치를 취했다가 낭패를 보는 경우도 많지요. 그렇다 보니 키가 조금 자라거나 새잎이 나오는 등 건강하게 살고 있다는 증거를 보여 주면 눈물이 찔끔 날 만큼 감격스럽습니다.

떡갈잎고무나무는 저 같은 식물 킬러도 그런 기쁨을 느낄 수 있게 해 준 고마운 식물입니다. 제 실력을 의심하면서도 한번 기회를 주겠다며 엄마가 선물해 주셨지요. 물이 부족하면 잎과 줄기를 연결하는 잎대가 처지면서 잎이 뒤로 벌렁 눕는데, 이때 물을 흠뻑 주면 다시 꼿꼿이 일어서면서 짱짱해져 불안한 초보가 한숨 돌릴 수 있게 해 줍니다. 햇빛이 잘 드는 곳에 두었을 뿐 겨울 동안 거의 물을 주지 않았는데도 이듬해 봄이 되자 꼭대기부터 새잎을 쑥쑥 올렸습니다. 새잎은 곧 떡갈잎고무나무 특유의 바이올린 모양으로 자라나고 크기가 뻥튀기처럼 불어나지요. 그

만큼 키도 자라고요.

떡갈잎이 자고 일어나면 훌쩍 자라 있다고 자랑하자 엄마는 매일 키를 재서 표시해 놓으라고 했습니다. 엄마의 얘기를 들으니 어렸을 적 안방 문 뒤에 뒤통수를 붙이고 키를 재던 시절이 생각났습니다. 제 키가 자라고 있음을 저는 전혀 느낄 수 없었지만 엄마가 표시해 둔 눈금을 보면 조금씩이지만 확실히 자라고 있었죠.

키를 재는 것처럼 가끔씩 사진을 찍어 두는 것은 식물이 보여주는 작은 변화를 관찰하는 좋은 방법입니다. 처음 식물을 데려왔을 때 찍어 두고, 그 후로 생각날 때마다 찍어 두면 더욱 좋지요. 특별히 잘 찍을 필요는 없지만 중요한 사진입니다. 시간이 흐른 뒤에 지금의 식물과 비교해 보면 어떤 변화가 있었는지 쉽게 확인할 수 있습니다. 식물을 키우는 기쁨과 더불어 작은 성취감도 느낄 수 있는 방법입니다. 저처럼 식물 키우는 일에 자신이 없는 사람에게는 이렇게 조금씩 자신감을 높이는 게 무척 중요합니다. 아주 조금이라도 식물이 자라고 있다는 것, 변함없이 건강하게 존재한다는 것만으로도 제가 아주 나쁜 친구는 아니었다는 걸 인정받는 기분입니다.

무럭무럭 자라는 아기의 사진이나 문 뒤에 표시해 놓은 키의 눈금처럼 식물 사진은 우리가 함께 성실하게 시간을 보냈다는 좋은 증거가 됩니다. 시간의 흐름이란 게 쓸쓸할 때도 많지만, 거의 모든 것이 시간이 지나고 돌아보면 아름다우니 일단 열심히 사진을 남겨 봅니다.

이름 찾기

염자 *Crassula ovata*

새싹처럼 생긴 탄탄하고 오돌토돌한 잎이 다육식물다운 든든한 느낌을 주는 염자입니다. 염좌 또는 화월이라고도 부릅니다. 작은 나무처럼 보이는 키가 큰 대품도 있고, 이렇게 잎이 작은 크기로 개량된 미니염자도 있어요. 어떤 모양이든 추위와 더위에 까다롭지 않고 잘 자라서 인기가 많은 다육 중 하나입니다. 다만, 상당히 나이를 먹은 후에야 꽃을 볼 수 있어서 염자를 키우는 사람들은 모두 꽃이 피는 날을 기다립니다. 별 모양의 작은 꽃이 모여서 피는데, 한번 피기 시작하면 무성하게 한 가득 피어납니다. 저는 10년 이상 키운 염자를 가지고 있는 엄마 덕분에 귀한 꽃구경을 할 수 있었습니다. 과연 충분히 기다릴 만한 가치가 있는 장면이었어요.

빛 빛을 많이 받을수록 잎이 붉게 물듭니다. 어느 정도의 직사광선은 좋지만, 너무 강한 직사광선을 오랫동안 받으면 화상을 입을 수 있습니다. 빛이 너무 적어도 웃자라게 되니 간접광이 충분히 드는 곳에서 키우는 게 좋습니다.

물 잎에 쪼글쪼글 잔주름이 생기거나, 잎을 만져 봤을 때 말랑하면 물을 흠뻑 주세요. 물이 잘 빠지게 하고 통풍을 잘 시키는 게 중요합니다. 특히 여름에는 뿌리가 물에 잠겨 있으면 안 돼요. 겨울에는 속흙까지 완전히 말랐을 때만 물을 주세요.

온도 18~25도 정도의 따뜻한 온도를 좋아하는데, 밤에는 좀 서늘해도 괜찮습니다. 겨울에도 10도 이상 유지되는 곳에서 키우세요.

  이 식물이 저 식물 같고, 푸른 건 다 거기서 거기인 것 같은 식
물 까막눈이었던 제가 식물에 관심을 가지면서 가장 궁금했던 건
식물의 이름이었습니다. 늘 보던 식물도 이름을 알고 나면 완전
히 달라 보였습니다. 최근에 알게 된 사람의 얼굴을 예전부터 갖
고 있던 사진에서 우연히 발견했을 때의 놀라움 같은 것이랄까
요. 식물은 달라진 것이 없지만, 저에게는 이제 예전의 그 식물이
아니었습니다. 시의 한 구절처럼 이름을 불러 주었을 때 비로소
나에게로 와 어떤 의미를 가지게 된 것이죠. 사실 저는 아직 식물
키우는 방법보다는 식물의 이름을 알아내는 게 조금 더 재밌습니

다. 그래서 초보를 못 벗어나고 있는 것일 수도 있겠지만요.

꽃집에서 이름을 알아 오지 못한 식물은 촬영을 한 후에 사진을 고르며 이름을 찾아봅니다. 그러면서 알게 되었지요. 식물의 이름을 알아내는 일이 생각보다 어렵다는 것을요. 식물을 판매하는 분들도 이름을 정확히 모르는 경우가 꽤 있고, 안다고 해도 틀렸거나 정식 명칭이 아닌 경우도 많습니다. 그러고 보면 정확한 이름을 아는 것이 식물을 잘 키우기 위한 필수 사항은 아닌 것 같습니다. 식물을 많이 키워 본 사람은 수많은 경험을 통해 모양새만 봐도 그 식물을 어떻게 키울지 감을 잡을 수 있습니다.

그러나 초보의 입장은 다릅니다. 이름을 알아야 검색을 하거나 주변에 물어서 키우는 방법을 알아낼 수 있습니다. 초보는 식물의 모양새만 보고 얻을 수 있는 정보가 한정적이기 때문에 이름이라도 알아야 한결 친해진 듯한 느낌이 들지요.

그런데 가끔 어렵게 이름을 알아내도 도무지 와닿지 않을 때가 있습니다. 괴마옥도 그렇고 이 식물, 염자도 그렇습니다. 염좌라고도 많이 불려서 저도 그런 줄만 알고 있었지요. 그러면서도 정형외과나 재활센터에서 등장할 법한 단어가 어쩌다가 이렇게 귀여운 식물의 이름이 된 건지 무척 의아하긴 했습니다. 염자는 아리따운 자태를 뜻하는 단어로 일본에서 쓰는 한자식 이름이 넘어온 것이라고 합니다. 염좌는 아무래도 염자를 잘못 발음한 게 아닐까 싶어요.

돈나무라고도 부르는데, 돈나무라 불리는 식물은 염자 말고도 여럿이 있어 적절한 이름이라고 하기는 어렵습니다. 영어 별명도 많은데 그중에도 돈식물money plant, 돈나무money tree가 있습니다. 행운의 식물lucky plant, 옥식물jade plant로도 불리는 걸보니 동서를 막론하고 좋은 기운을 주는 식물인가 봅니다.

행운을 달라고 부담을 주는 이름보다는 식물의 자태를 칭송하는 이름이 더 좋긴 하지만, 그래도 염자는 영 아쉽습니다. 이름이 뭐가 됐든 개의치 않고 잘 자라는 덕에 인기에는 지장이 없어도 귀여운 잎 모양과 무난하고 튼실한 특성에 잘 맞는 예쁜 우리말 이름이 생겼으면 하는 바람이 드는 것은 어쩔 수 없습니다.

알다가도 모르겠는 학명

백도선 *Opuntia microdasys* var. *albispina*

백도선은 토끼선인장으로 잘 알려져 있습니다. 외모는 귀엽지만 가시에 있는 털은 살짝만 만져도 피부에 달라붙어 피부병을 일으킬 수 있으니 조심해야 해요. 몸통에서 선인장의 새끼인 자구가 볼록볼록 올라오는데, 어디서 올라올지 예측할 수 없어 기대하는 재미가 있습니다. 농장에 가면 토끼 얼굴을 한 수많은 백도선이 있지만, 똑같은 얼굴은 하나도 없습니다. 한참을 들여다보다 가장 귀여운 아이를 골라 옵니다.

빛   1년 내내 빛이 많이 들어오는 곳에 놓아두세요. 겨울에 빛이 부족한 채로 따뜻하기만 하면 이상한 모양으로 길게 자랍니다. 단단하게 자라길 원한다면 빛을 충분히 받게 해야 합니다.

물   물은 자주 주지 않는 게 좋습니다. 흙이 완전히 말랐을 때만 물을 주는 게 안전해요. 물을 주고 나서는 잘 빠지도록 해야 합니다. 겨울에는 줄기가 쪼그라지지 않는 이상 물을 안 주는 게 좋습니다.

온도   따뜻한 온도를 좋아하지만 겨울에는 10도 정도의 서늘한 곳에 두어야 튼튼하게 자랍니다. 일교차가 있는 게 좋아요.

　식물의 이름을 정확하게 불러 주고 싶은 저의 바람은 종종 맥없이 좌절됩니다. 우리나라에서 붙인 이름, 다른 나라에서 건너온 이름, 그게 변형된 이름, 특정 지역에서 부르는 향명, 농장이나 꽃집에서 부르는 유통명 등 한 식물을 부르는 이름이 여러 가지인 경우가 많기 때문입니다. 그렇다 보니 식물의 정체를 알기 위해서는 세계 어디서나 통하는 '절대 이름'이 필요합니다. 바로학명이지요.

　식물의 학명을 찾으면서 스스로 공부하는 저를 발견하고 깜짝놀랐습니다. 비록 들여다볼수록 복잡해서 제 기준에서 딱 초보가

알면 좋을 만큼만 알아보고 멈출 수밖에 없었지만, 공부는 역시 스스로 해야 감동과 재미가 있습니다. 어려워 보여도 식물에 대해 알고 싶다면 학명과 조금 친해지는 것이 좋습니다. 식물의 소속이 어디인지, 어떤 특성을 가진 식물인지 알 수 있는 중요한 정보를 담고 있으니까요. '절대 이름'이긴 하지만 식물에 대한 연구는 지금 이 순간에도 계속되고 있어 새로운 사실이 밝혀지면 학명이 바뀌는 경우도 있습니다.

백도선은 토끼귀bunny ears나 천사의 날개angel wings처럼 앙증맞은 영어 이름을 가지고 있지만, 정식 학명은 오푼티아 미크로다시스 버라이어티 알비스피나 포베 앤드 바케베르크*Opuntia microdasys* var. *albispina* Fobe & Backeb.로 꽤나 거창합니다. 학명은 이명법이라는 규칙에 따라 보통은 두 단어로 이루어져 있습니다. 앞이 성이고, 뒤가 이름이라고 생각하면 쉽습니다. 이는 식물의 족보에서 나온 것인데, 식물의 전체 족보는 '계-문-강-목-과-속-종'으로 이루어져 있습니다. 백도선은 식물계 속씨식물문 쌍떡잎식물강 석죽목 선인장과 오푼티아속 미크로다시스종이지요. 이 중 맨 끝의 '속'과 '종'이 학명을 구성합니다. 백도선은 손바닥선인장으로 알려진 오푼티아 가족 중 미크로다시스라는 이름을 가진 아이입니다.

속과 종에서 끝나면 그나마 괜찮을 텐데 암호 같은 문자가 더 붙기도 합니다. 백도선의 종 이름 뒤에 표기된 var. *albispina*는 미크로다시스종의 변종variety으로 흰 가시albispina가 나는 종

이라는 뜻입니다. 종을 아종, 변종, 아변종, 품종, 아품종, 재배종 등으로 한 번 더 나누어 표기하는 방법이지요. 한 종에 속하지만 돌연변이가 일어나 다른 특징을 가지게 된 경우를 돌연변이가 일어난 방식에 따라 분류한 것입니다. 그 뒤의 Fobe & Backeb.는 학명을 붙인 명명자의 이름입니다. 프레데리히 포베Frederich Fobe라는 사람과 쿠르트 바케베르크Curt Backeberg라는 사람이 이름을 붙인 종이라는 의미입니다. 편의를 위해 명명자를 생략하기도 하지만, 그래도 복잡합니다. 초보에게는 큰 위기죠.

학명은 심지어 라틴어를 바탕으로 하고 있어 발음하기도 어렵습니다. 하지만 식물을 제대로 공부하기 위해 꼭 손에 넣어야 하는 열쇠지요. 열심히 공부해서 학명을 더 잘 이해할 수 있게 되면 식물의 비밀에 한 발짝 더 다가갈 수 있지 않을까 꿈꿔 봅니다. 우선은 정확한 학명을 찾아 제대로 된 이름을 불러 주는 데 집중해야겠지만요.

이름보다 중요한 것

에케베리아 라밀레트 *Echeveria* 'Ramillete'

―――――――――― ☀ ☕ 🌡 ――――――――――

에케베리아는 종이 굉장히 많은 식물입니다. 사진 속 식물도 이름을 찾는 데 정말 애를 먹었지요. 비슷하게 생긴 종이 말도 안 되게 많거든요. 제가 문의해 볼 수 있는 모든 전문가들에게 고견을 물어 이름을 찾았지만, 이 모습으로는 알 수 없다고 하거나 서로 다른 이름을 후보로 알려 주었어요. 사실 이렇게 물도 들지 않고 꽃도 피지 않은 모습만 보고 정확한 이름을 찾는 것은 굉장히 어려운 일이라고 합니다. 라밀레트 역시 유력한 후보 중 하나였을 뿐입니다. 그나마도 라밀레떼, 라밀라떼, 라밀레테, 라미라떼 등 부르는 사람 마음대로 자유롭게 불리고, Ramillete라는 품종명도 Ramillette로 표기하기도 해요. 에케베리아속의 티피와 세토사를 교배해서 만든 종이랍니다. 원래 모양대로 자라지 않고 옆으로 길게 쭈그러지며 자라는 철화가 잘 일어나고, 주황색 꽃이 피는 특징이 있습니다.

빛   에케베리아 식구는 모두 빛을 좋아해요. 빛을 충분히 받고 일교차가 커지면 붉은 물이 듭니다. 햇빛 잘 드는 창가에 놓아두면 딱 좋아요. 하지만 한여름의 직사광선은 피해 주세요.

물   흙이 말랐거나 화분이 가벼워졌을 때 물을 흠뻑 주고 잘 빠지게 하는 게 중요해요. 과습에 굉장히 약합니다. 봄가을에는 물을 충분히 주고, 추운 겨울이나 습한 여름에는 단수해도 좋습니다. 죽은 잎은 빨리빨리 떼 주어야 해요.

온도 평상시엔 18~21도 정도, 겨울에는 10도 정도가 좋아요.

어떤 식물의 이름은 금방 찾을 수 있지만 어떤 식물의 이름은 도저히 찾지 못하고 포기하게 됩니다. 처음 보는 식물보다 더 이름을 찾기 어려운 경우는 아무리 봐도 똑같이 생겼는데 다른 식물이거나 분명 같은 식물인데 사람마다 다른 이름으로 부를 때입니다. 그러다 보니 이름을 잘못 알고 들이기도 합니다. 식물 관계자들 사이에서 이름을 정확하게 정리하여 부르자는 이야기가 계속 나오는 이유겠지요. 식물을 좋아하는 사람이 늘어나고 있으니 점점 나아지겠지만, 그때까지 저 같은 초보는 정말 맞는 이름인지 한 번 더 찾아보며 공부를 좀 해야 합니다.

그렇지만 아무리 공부를 해도 같은 종인데 미세한 차이로 다른 이름이 붙는 식물이나 아직 고유한 특징이 나타나지 않은 어린 개체를 구분하는 것은 해당 식물의 전문가가 아니고는 힘듭니다. 전문가도 사진만 보고 이름을 확정 짓는 것을 조심스러워하는데, 왕초보인 제가 이런 식물들을 구분해 보겠다고 애쓰는 것은 커다란 혼돈의 소용돌이로 빨려 들어가는 것과 같습니다.

이름을 찾느라 고생했던 식물을 꼽으라면 에케베리아 식구를 빼놓을 수 없습니다. 사진 속 식물은 이곳저곳에서 사진을 많이 봤기 때문에 이름 찾는 일이 어렵지 않을 것이라고 생각했는데, 착각이었습니다. 정확한 이름을 알아내려고 정말 많은 자료를 뒤져 봤지만 볼수록 헷갈리기만 했습니다. 찾았다 싶어 자세히 보면 잎끝의 모양이 다르거나 잎의 넓이나 색깔이 미묘하게 달랐습니다. 에케베리아속이나 그랍토베리아속인 것 같은데 문제는 그 안에도 서로 비슷한 종이 너무 많다는 것이었죠.

라밀레트는 기나긴 여정 끝에 어렵게 찾은 이름이지만, 여전히 용의선상에는 유력한 후보가 많습니다. 이럴 때는 *Echeveria* sp.로 학명을 표기할 수도 있습니다. 이렇게 종명 자리에 sp. 또는 spp.를 쓰는 것은 종명을 특정하지 않고 학명을 적는 방법입니다. sp.는 종species의 약자이고 spp.는 복수형으로, 어느 속의 종이라고만 표기하는 거죠. 재배종이 너무 많아 구분이 힘들거나 구분할 필요가 없는 경우에 많이 쓰입니다.

에케베리아 말고도 이름이 헷갈리는 비슷한 모양의 식물은 무

척 많습니다. 오십령옥은 피우는 꽃의 색에 따라 종류가 나뉘어 꽃이 피지 않으면 정확한 이름을 알기 힘듭니다. 무늬몬스테라와 무늬스킨답서스도 어렸을 때는 별 차이가 없습니다. 자라면서 특유의 구멍 난 잎을 보인다면 무늬몬스테라지요. 이 외에도 유력한 이름 여러 개로 저를 괴롭힌 식물이 한둘이 아닙니다.

에케베리아도 자라면서 정체를 알 수 있는 단서가 조금씩 나타난다고 하는데, 아무리 오래 키워도 구분할 만한 특징이 안 보이는 경우도 많습니다. 게다가 대부분의 에케베리아는 환경에 따라 색이 변하기 때문에 이름을 찾기 더욱 힘들죠. 다른 종과의 교배종도 많아서 지금 이 순간에도 에케베리아 식구의 종류는 늘어나고 있을 겁니다. 다행히 같은 종에 속하는 식물은 보통 키우는 방법에 큰 차이가 없다고 합니다. 정확한 이름을 알아낼 때까지 혼돈에 빠져 있어도 되는 시간이 있다는 이야기입니다.

비슷한 식물과의 미세한 차이를 찾다 보니 '이건 잎끝이 다르구나' '잎 위에 하얀 점들이 있었구나' 하고 보이지 않던 특징이 눈에 들어옵니다. 사실 인간이 붙인 이름보다 더 중요한 식물의 특징들이지요. 이런 특징 때문에 같은 에케베리아 식구 중에서도 서로 구별되는 고유한 존재가 됩니다. 그래서 비록 험난하기는 해도 저에게 이름 찾기의 여정은 식물을 사랑하는 중요한 방법입니다. 그러거나 말거나 에케베리아 잎은 나름의 질서대로 자라느라 바쁩니다. 이름이 뭐가 됐든 사방으로 정갈하고 소복한 모양이 탐스러운 건 변함없습니다.

2장 식물을 공부하다

초보들의 치어리더

장미허브 *Plectranthus tomentosa*

───────── ☼ ⌂ 🌡 ─────────

다육과 허브의 중간쯤 성격을 가진 장미허브는 초보도 쉽게 키울 수 있는 식물로 꼽힙니다. 진하게 풍기는 쌉쌀한 허브향은 모기를 쫓기도 하고, 따뜻한 물에 잎을 담가 향을 맡으면 막힌 코를 뻥 뚫어 주기도 한답니다. 자세히 보면 잎 모양도 예쁘지요. 너무 잘 자라서 단아한 모양으로 키우려면 자라난 줄기를 부지런히 다듬어 줘야 한다는 점이 장미허브의 유일한 흠입니다. 솜씨가 좋은 사람들은 줄기 하나를 길게 키운 후 줄기 끝에만 잎이 동그랗게 모이도록 모양을 매만지며 외목대로 키우기도 합니다.

빛   햇빛이 넉넉하게 들어오는 반양지가 가장 좋습니다. 밝은 곳을 향해 거침없이 줄기를 뻗으며 자라지만, 빛이 너무 부족하면 금세 줄기가 가늘어지며 늘어지고 잎도 기운을 잃어요.

물   다육식물에 가깝기 때문에 물을 자주 주지 않아도 됩니다. 건조하게 키우다가 잎이 늘어지는 느낌이 들면 물을 주세요. 과습에 약하니 물이 잘 빠지도록 해야 합니다. 물이 너무 많으면 잎이 노래져요.

온도 겨울에는 10도 이상에서 월동이 가능합니다. 하지만 찬 바람은 꼭 피해 주세요. 평상시엔 17~23도가량의 온도가 좋습니다.

식물의 사진을 찍고 이름을 찾는 것은 식물에게 인사를 건네는 일과 같습니다. 인사를 하고 나면 더 친해지고 싶은 마음이 듭니다. 식물 공부를 해야 할 때가 된 거죠. 책임감도 필요해지는 단계입니다. 사진을 잘 못 찍거나 이름을 몰라도 식물의 생사에는 큰 영향이 없지만, 키우는 방법을 잘못 알면 훨씬 심각한 일이 생길 수 있기 때문입니다.

여기저기 식물에 관한 정보를 찾다가 쉽게 답하기 힘든 질문을 만난 적이 있습니다. "식물이 단순히 살아남기를 원하나요? 아니면 풍성하게 번성하기를 원하나요?" 답이 정해져 있는 듯한 이 질문이 저에게는 식물 초보와 고수를 나누는 심오한 기준처럼 다가왔습니다. 물론 초보도 식물이 풍성해지기를 바라지만, 멀쩡했던 식물이 폭삭 시들어 떠나는 걸 몇 번 보고 나면 식물을 살아남게 하는 것만도 벅차게 느껴져 냉큼 대답하기가 어렵습니다.

식물에 대해 잘 모르는 사람은 물만 잘 주면 식물이 잘 자랄 거라 믿기 마련입니다. 빛은 많으면 좋고 온도는 적당하면 되겠지, 하고 두루뭉술하게 생각하죠. 이렇게 '물' '빛' '온도' 세 가지는 초보도 아는 식물 키우기의 기본 영역이라 할 수 있습니다. 그리고 식물과의 관계가 깊어지면서 이 기본 영역에도 섬세한 기술이 필요하다는 걸 배우게 되지요. 여기서 더 나아가 때맞춰 비료를 주고, 가지를 치고, 분갈이를 하고, 번식시키는 일도 하게 되면 저의 기준에서는 고수의 세계에 발을 들여놓은 것입니다. 원래 소질이 있거나 용감한 사람은 금방 고수의 단계로 진입하지

만, 저처럼 타고난 겁쟁이는 쉽사리 다음을 도모하지 못합니다. 선불리 식물을 건드렸다가 돌이킬 수 없는 일이 생길까 두렵기 때문이죠. 그렇다면 자신감이 붙을 때까지는 초보의 영역에만 충실해도 좋습니다. 아직 어려운 부분은 전문가의 손에 맡기고요. 대신 지금 할 수 있는 일에 집중하면서 식물이 어떻게 반응하는지 세심하게 관찰합니다. 시간과 함께 경험이 쌓이다 보면 어느새 자신감이 생기는 시기가 올 테니까요.

장미허브는 초보에게 자신감을 주기 딱 좋은 식물입니다. 웬만큼 열악한 환경에는 아랑곳하지 않고 엄청난 속도로 쑥쑥 자라지요. 심지어 잘 자란 줄기를 잘라 흙에 쓱 꽂아 놓으면 며칠 지나지 않아 새롭게 뿌리를 내립니다. 이 강한 생명력 덕분에 제가 처음으로 분갈이를 해 본 식물이기도 합니다. 분갈이 후 줄기 몇 개를 잘라 새 화분에 꽂아 두었더니 다음 날 바로 줄기가 일어서고 잎이 빵빵해졌죠. 지금은 어느 게 원래 화분이었는지 모를 정도로 둘 다 풍성해졌습니다.

식물 초보라면, 일단 작은 성공의 기쁨을 맛보는 것이 중요합니다. 그래야 그저 살아남게 하는 것을 넘어 더 풍성하게 키우는 단계에도 도전할 수 있으니까요. 그런 면에서 장미허브는 정말 좋은 치어리더입니다. 하지만 혹시 장미허브 키우기마저 실패해도 너무 실망하지는 마세요. 반드시 자신만의 특별한 치어리더를 만나게 될 겁니다. 더 어려운 식물이 치어리더가 되어 주려고 기다리고 있는지도 모릅니다.

식물 고수가 하는 일

피나타라벤더 *Lavandula pinnata*

──────── ☀ ⛅ 🌡 ────────

아름다운 잎 모양 때문에 레이스라벤더라고도 부르는 피나타라벤더는 꽃집에서 비교적 쉽게 만날 수 있는 라벤더입니다. 라벤더는 야외에서 자라는 것이 일반적이라 집에서 키우기에는 다소 까다롭습니다. 최대한 야생의 환경과 비슷하게 해 주는 것이 중요합니다. 라벤더로 뒤덮인 꿈속 같은 언덕에 직접 가 볼 수 없다면, 이렇게 화분에 한 포기 넣어 집에서 바라보는 것으로 위안을 삼을 수 있지요.

빛   햇빛이 잘 들고 바람이 잘 통하는 곳에서 키워야 합니다. 장마철과 추운 겨울 외에는 바깥에 두는 것도 좋아요. 아주 습한 여름에는 선풍기를 살짝 틀어 줘도 괜찮습니다.

물   과습에 매우 약해요. 속흙이 마르거나 잎이 마른 듯하면 물을 주고 잘 빠지게 해 주세요. 건조하게 키우는 게 안전합니다. 겨울에는 물을 더 줄여야 해요.

온도 추위와 더위에 모두 주의해야 합니다. 0도 이상에서 월동이 가능한데, 겨울을 서늘하게 보내야 봄에 꽃이 많이 핍니다. 선선한 온도를 유지하는 게 제일 좋습니다.

저는 '분갈이' '가지치기' '비료 주기' '번식시키기' 등을 고수의 영역이라고 생각하지만, 사실 진짜 고수에게는 이 역시 기본 분야입니다. 그러다 보니 식물 키우는 방법을 찾다 보면 종종 이 내용을 만나게 돼서 식물이 더 어렵게 느껴지기도 하지요. 일단은 고수의 영역으로 미뤄 놓았지만, 식물과 가까워지고 싶다면 이 영역에서 어떤 일이 일어나는지 정도는 알아 둘 필요가 있습니다.

초보로서 가장 먼저 갖고 싶은 고수의 기술은 분갈이입니다. 분갈이는 선택이 아니라 필수라고 하니 초보라는 핑계로 언제까지 외면할 수만은 없는 영역이기도 합니다. 식물이 잘 자라 화분

가득 차거나 화분 속에 문제가 생기면 때를 놓치지 않고 화분을 바꿔 줘야 합니다. 하지만 초보는 이때가 언제인지 눈치채기 힘들고 뒤늦게 알아채도 엄두가 나지 않지요. 평소 주변의 식물 고수가 언제 어떻게 분갈이를 하는지 눈여겨본 다음 강인한 식물로 연습해 보는 것이 좋습니다. 분갈이에 대한 정보는 쉽게 찾을 수 있지만, 실제로 해 보면 생각보다 신경 써야 할 것이 많고 제대로 하지 못했을 때의 결과는 치명적이라 신중해야 합니다. 대신 그동안 궁금했던 식물의 속사정을 눈앞에서 보게 되는 감격을 맛볼 수 있기도 해요.

분갈이할 때 화분에 넣는 흙 또한 초보에게는 미지의 영역입니다. 배양토, 상토, 마사토, 난석, 질석, 펄라이트 등 용어와 종류도 다양합니다. 어떤 비율로 섞는지에 따라 물빠짐이 결정되므로 식물의 성격에 맞춰 배합해야 합니다. 잘 자라는 식물의 비밀이라고 하는 비료도 마찬가지입니다. 새잎이 나오지 않는다거나 꽃이 피지 않는 등 비료가 필요한 이유에 맞는 걸 선택해야 하고, 비료를 주는 시기도 잘 잡아야 합니다. 보통 꽃집이나 농원에 물어보면 적합한 비료를 추천해 줍니다. 흙과 비료는 곧 식물이 살아갈 집이 되므로 제대로 마련해 주어야 하죠.

튼튼한 식물이란 보기에 좋을 뿐 아니라, 번식 능력이 왕성하다는 것을 의미하기도 합니다. 가만둬도 알아서 잘 번식하는 식물도 있지만, 자연이 아닌 화분 속 식물은 아무래도 사람의 손길이 필요한 경우가 많습니다. 적절한 번식은 어미식물의 건강에도 도움이 된다고 해요. 가장 보편적인 방법은 잎꽂이와 줄기꽂이 (꺾꽂이)입니다. 잎꽂이는 떼어 낸 잎에 뿌리가 나오게 한 후 다시 심는 것으로 난도가 조금 있습니다. 일부 식물만 가능해서 종류를 먼저 확인해야 하죠. 반면에 줄기꽂이는 줄기의 적당한 부분을 잘라 다시 심는 것으로 저도 장미허브로 성공한 적이 있을 정도로 간단합니다. 뿌리를 나누는 포기나누기도 있는데, 화분에서 식물을 꺼내 뭉쳐 있는 뿌리를 여러 포기로 분리하는 방법입니다. 이런 번식 방법은 모두 식물이 건강할 때 시도해야 성공 확률이 높습니다.

식물 고수는 식물을 아름다운 형태로 키우는 데도 지대한 관심이 있습니다. 전체적인 모양새는 물론 잎 사이의 간격도 세심하게 신경 씁니다. 보기 좋은 모양을 만드는 것만이 아니라 식물이 더 쾌적하고 건강하게 살 수 있게 해 주는 것이지요. 어미식물에게 버거운 잎이나 줄기를 잘라내 새로 심어 키우는 데까지 성공한다면 고수의 길이 멀지 않았습니다.

식물 고수라면 벌레와도 당당히 맞서야 합니다. 진드기, 진딧물, 깍지벌레, 응애, 민달팽이, 개각충 등 이름만으로도 소름 끼치는 존재를 만났을 때의 대처법을 익혀야 하죠. 식물을 아프게 하는 여러 병도 제때 진단하고 적절한 처방을 내릴 수 있어야 합니다. 여러모로 자식을 돌보는 부모처럼 강하고 지혜로운 전방위 능력자가 되어야 합니다. 이 외에도 눈에 잘 안 띄는 작은 변화도 알아채는 섬세함, 신중한 판단에 뒤따르는 대담함, 늘 식물의 입장을 생각하는 다정함이 필요합니다. 그러고 보면 지식과 경험뿐 아니라 얼마나 식물에 마음을 쓰는지에 대한 차이가 초보와 고수를 나누는 듯합니다.

저에게 라벤더는 고수의 식물입니다. 평소 좋아하던 라벤더 향을 곁에서 맡겠다는 기대로 데려왔지만, 곧 꿈에서 깨야 했죠. 사진을 찍고 며칠 지나지 않아 예쁜 보라색 꽃이 작별 인사를 건넸고, 레이스처럼 고운 잎도 곧 따라가고 말았습니다. 뭐가 문제였는지 이유를 알 길 없는 초보라 마음만 상했죠. 들판에서도 잘만 자라는 사진을 보면 야속하기도 하지만, 어쩌면 그게 이유일 수도 있습니다. 자연의 품만 한 게 없을 테니까요. 어떤 식물은 말도 못 하게 작아진 새집에도 적응하지만, 어떤 식물은 달라진 환경을 단호히 거부하고 훌훌 떠나 버립니다. 진정한 고수란 자연과 멀어져 황량해진 식물의 마음을 그만큼 잘 달래 줄 수 있는 사람이 아닐까, 하고 떠나간 라벤더 대신 라벤더향 크림에 코를 대며 생각해 봅니다.

식물도 남향을 좋아하나요?

필레아 *Pilea peperomioides*

━━━━━━━━━━ ☀ ☞ 🌡 ━━━━━━━━━━

필레아는 해외 식물 고수들에게 특히 인기가 많아 사진으로 자주 보았던 식물입니다. 실물을 보고 굉장히 반가웠지요. 식물을 전문적으로 재배하는 사람들이 아닌, 취미로 키우는 사람들끼리 주고받으며 유명해졌다고 해요. 줄기 끝에 하나씩 달린 동그랗고 납작한 잎 모양이 독특해서 별명도 무척 많은데, 저는 UFO식물UFO plant 이라는 영어 별명이 맘에 듭니다. 가끔 부드러운 천에 물을 묻혀 잎을 살살 닦아 주면 더 반짝거리고 건강해진다고 해요.

빛 밝은 빛을 좋아하고 줄기가 호리호리해서 햇빛을 향해 한 방향으로 잘 휘어집니다. 빛이 잘 들어오는 창가에 놓아두면 좋아요. 단, 직사광선은 피해 주세요.

물 습도가 높은 곳에서 잘 자라기 때문에 흙이 완전히 마르게 두면 안 됩니다. 그렇다고 흙이 푹 젖은 상태로 오래 놔두는 것도 좋지 않아요. 잎이 처진 것 같은 느낌이 들거나 흙이 마르면 물을 주세요. 더울 때는 조금 더 자주, 추워지면 조금 뜸하게 주세요. 분무기로 물을 뿌려 주는 것도 좋습니다.

온도 25도 내외가 이상적인 온도입니다. 따뜻한 날씨에는 밖에서 키워도 좋지만, 10도 이하로 내려가면 안 돼요. 온도가 갑자기 바뀌지 않도록 해 주세요.

물, 빛, 온도는 초보도 챙기는 기본 분야라고 했지만 식물을 더 행복하게 해 주고 싶다면 여기에도 신경 써야 할 것이 많습니다. 물만 잘 주면 되는 줄 알았던 초보로서는 처음 접하는 흥미로운 사실들이죠.

따로 공부하지 않아도 식물을 들이면 으레 빛이 잘 드는 곳에 두게 됩니다. 그런데 식물을 한군데 오래 두면 슬슬 빛이 들어오는 방향으로 줄기가 휘는 것을 볼 수 있습니다. 줄기가 가느다란 식물뿐 아니라 선인장같이 단단한 식물도 오랜 시간이 지나면 빛을 향해 기울어지죠. 그럴 땐 한쪽으로 휘어진 모습이 애처로워 반대 방향으로 화분을 돌려 주기도 합니다. 그러면 얼마 후 다시 반대쪽으로 줄기가 자라 또 방향을 돌려 주고, 그러면서 화분은 빙글빙글 돌고 줄기는 이쪽저쪽으로 휘기를 반복하죠.

식물이 빛을 따라 휘는 이유는 옥신auxin이라는 호르몬 때문입니다. 옥신은 식물을 자라게 하는 호르몬인데, 빛을 피해 어두운 쪽으로 이동하는 습성이 있습니다. 빛을 덜 받은 쪽에 옥신이 모이면 그 부분의 성장이 촉진됩니다. 그 결과로 빛을 덜 받은 쪽이 길어져 빛을 향해 줄기가 휘는 거죠. 이걸 굴광성이라고 한답니다. 이 모습이 안타까워 보여서인지 식물이 곧게 자랄 수 있도록 화분의 방향을 가끔 바꿔 줄 것을 추천하는 경우가 많지요.

하지만 화분을 돌리는 것이 오히려 식물에게 피로감을 줄 수 있다는 의견도 있습니다. 식물의 광합성을 담당하는 엽록체는 잎 안에서 빛을 따라 움직이며 모양을 바꾸는데, 화분을 돌리면 빛

의 방향이 달라져서 식물 속 엽록체도 다시 자리를 잡아야 합니다. 식물이 빛을 따라 이리 휘고 저리 휘면 엽록체도 계속 이동하면서 에너지 소모가 심해져 성장이 늦어진다는 것이지요.

식물 공부를 하다 보면 서로 엇갈리는 정보를 얻게 되는 경우가 종종 있습니다. 어느 쪽이 맞고 틀렸다기보다는 식물의 특성과 키우는 환경이 워낙 다양하고 변수가 많아서 절대적인 방법은 없음을 의미하는 것 같습니다. 식물을 잘 아는 사람이라면 상황에 따라 식물에게 더 좋은 결정을 내릴 수 있겠지만, 식물과의 대화가 서툰 초보는 혼란에 빠집니다. 최대한 신중하게 절충안을 찾으려고 노력하는 수밖에 없지요. 그래서 화분의 방향을 바꿀 때도 갑작스레 홱 돌리지 않고 조금씩 조심스럽게 움직여 봅니다. 엽록체니 옥신이니 하는 아이들에게 시간을 주는 것이죠.

필레아를 키운다면 이는 상당히 예민한 문제입니다. 긴 줄기 끝의 넓은 잎 때문에 빛에 민감하게 반응하는 식물이기 때문이죠. 가느다란 줄기가 동그란 잎을 우산처럼 받치고 있다 보니 한쪽으로 휘어진 모습이 더 위태로워 보입니다. 탁 트인 야외에서 식물을 키운다면 이런 고민을 할 필요가 없습니다. 해가 떠서 질 때까지 온종일 빛의 방향이 변해 식물을 움직이지 않아도 구석구석 빛이 가죠. 당연히 실내에서도 야외에서처럼 빛이 골고루 든다면 가장 좋습니다. 빛이 충분히 드는 남쪽이나 서쪽 창가에 눈높이보다 살짝 낮게 화분을 놓으면 빛이 저절로 방향을 이동하며 고르게 들어와 화분을 돌려 주지 않아도 괜찮습니다.

문제는 누구나 식물에게 이상적인 창문을 갖고 있지는 않다는 것입니다. 그리고 실내에 사는 식물은 고정된 창문으로 들어오는 빛에 전적으로 의지할 수밖에 없지요. 여러모로 식물이 휘지 않고 곧게 자라도록 하기 힘든 상황입니다. 필레아처럼 빛에 민감한 식물을 키운다면 최대한 빛이 많이 들어오는 곳을 찾아 주고, 필요하다면 가끔 화분의 방향을 돌려 주기도 해야 합니다. 빛이 부족하면 인공조명의 도움을 받을 수도 있습니다. 식물을 위해 특별히 만들어진 조명도 있지요. 빛 외에 물의 양, 화분의 크기 같은 요소도 식물이 휘는 이유가 될 수 있으니 식물이 휘어져 자라는

것을 원치 않는다면 빛 외에도 여러 가지를 살펴봐야 합니다.

하지만 과연 식물이 원하는 것은 무엇일까 고민하게 됩니다. 어떤 식물은 곧게 자라는 모습이 흐뭇하지만, 어떤 식물은 줄기가 사방으로 구부러지며 뻗어 나가는 모양이 생동감 넘쳐 보입니다. 식물이 어떤 것을 더 좋아할지는 알 길이 없으니 조심스럽기만 합니다. 식물을 키우다 보면 내가 원하는 것이 식물이 원하는 것과 언제나 같지는 않다는 것을 배우게 됩니다. 사람의 눈에 보기 좋게 하려고 식물을 괴롭히고 있는 것은 아닐지 늘 걱정됩니다. 아무쪼록 말 없는 식물이 이 마음만은 알아주길 바라며 오늘도 화분의 방향을 아주 조금 움직여 봅니다.

무늬를 만드는 빛

금사철 *Euonymus japonicus* 'Ovatus Aureus'

금사철은 우리에게 친숙한 사철나무의 가족입니다. 잎의 무늬와 색에 따라 금사철 외에도 무늬사철, 금테사철, 황록사철, 은테사철, 흰점사철 등 다양한 원예종이 있고 이름도 서로 섞여서 불리는 경우가 많습니다. 사철나무는 우리나라의 자생식물로, 이름 그대로 사시사철 푸른빛을 보여 줍니다. 독도에는 수호목으로 지정된 100년 넘은 사철나무가 자생하고 있다고 합니다. 금사철도 사철나무의 강인함을 닮아 강한 생명력을 가지고 있습니다. 식물 키우기에 자신 없는 사람들에게도 추천할 수 있는 식물이지요.

빛   야외에서 키우면 색과 무늬가 진해지지만, 실내에서도 잘 자랍니다. 실내에서 키운다면 빛이 가장 많이 들어오는 곳에 두는 게 좋습니다.

물   겉흙이 마르거나 잎이 처지는 듯하면 물을 흠뻑 주세요.

온도 따뜻한 온도에서 잘 자라지만, 겨울 추위도 잘 견딥니다.

빛은 식물의 성장뿐 아니라 외모에도 지대한 영향을 끼칩니다. 특히 식물의 개성을 돋보이게 하는 잎의 무늬는 빛의 영향을 많이 받습니다. 줄무늬, 얼룩덜룩한 무늬, 잎 안에 잎이 하나 더 들어가 있는 것 같은 무늬, 잎맥을 따라 선을 그려 넣은 듯한 무늬 등 식물의 종류만큼 무늬의 종류도 다양합니다. 빛을 얼마나 받는지에 따라 이 무늬들이 더 진해지기도 하고 흐려지기도 하죠.

무늬를 선명하게 하려면 무엇보다 많은 양의 햇빛, 정확히는 자외선이 필요합니다. 자외선이 무늬를 진하게 하는 역할을 하기 때문에 충분한 시간 동안 직사광선을 받아야 하지요. 창문은 자외선을 차단하는 효과가 있어 창을 통해 들어온 빛은 무늬를 뚜렷하게 하는 데 큰 힘을 발휘하지 못합니다. 쨍하도록 선명한 무늬를 보고 싶다면 식물을 창밖에 내놓거나 야외에 두고 직광을 받게 하는 게 좋지요. 하지만 한여름 낮의 강한 직광을 오래 받으면 상하는 식물도 많기 때문에 시간을 조절해 주어야 해요.

금사철은 우리 집에서 가장 오래 살아남은 식물 중 하나입니다. 엄청난 생명력을 가지고 있다는 증거이지요. 분갈이 단계에 좀처럼 진입하지 못하는 보호자를 만나는 바람에 어릴 적부터 살던 주먹만 한 화분에서 쭉 살고 있지만, 고맙게도 튼튼히 잘 자라고 있습니다.

저는 오랫동안 금사철의 정확한 이름을 알지 못한 채 막연히 금전수일 것으로 추측했습니다. 사진을 찍으면서야 제 이름을 찾아 주었지요. 비슷하다고 생각했던 금전수와 금사철이 실은 굉장히 다르게 생겼다는 것도 뒤늦게 알았습니다. 잎끝에 톱니바퀴 같은 돌기가 있는 것도, 잎의 무늬가 빛의 양에 따라 달라지는 것도, 잎의 테두리가 노란색이어서 금사철이라는 것도 새롭게 알게 된 사실입니다. 그런데 제 금사철은 사진에서처럼 선명한 연두색 테두리를 가지고 있습니다. 노란색이 더 강한 것은 황금사철이라고 하여 연둣빛 사철과 구분하기도 합니다.

항상 빛이 많이 들어오는 베란다에 놓아두었지만 이 금사철에는 무늬가 시원치 않은 잎이나 아예 무늬가 없는 잎도 많습니다. 뚜렷한 무늬를 위해서는 창문 바깥의 직사광선이 필요했던 거죠. 하지만 초록색 물감이 쏟아진 것처럼 무늬가 있는 잎과 없는 잎이 섞인 지금의 모습도 꽤 맘에 듭니다. 모든 잎에 무늬가 있는 게 아니기 때문에 무늬가 있는 잎이 더 특별하게 보이죠.

금사철도 저처럼 지금의 상태가 흡족한지, 아니면 지금이라도 창밖으로 화분 걸이를 마련해 더 강렬한 무늬를 만들어 주는 것이 좋을지 직접 물어보고 싶은 심정입니다. 그보다는 분갈이가 더 급하다고 대답할 것 같지만요.

빛이 식물의 생장에 끼치는 다양한 영향은 알면 알수록 경이롭습니다. 빛을 재료로 부지런히 무늬를 만들어 내는 식물도 신통방통하고요. 식물을 보호하고 있는 저는 잘 도와주기만 하면 되는데, 지금의 저에게는 참 어려운 과제입니다.

식물이 물드는 순간

당인 *Kalanchoe luciae*

---------------------- ☼ ☙ 🌡 ----------------------

당인은 납작하고 넓은 잎 모양 때문에 영어로는 주걱식물paddle plant 또는 플랩잭
flapjacks이라고 불립니다. 플랩잭은 두툼한 팬케이크를 말한다고 해요. 그만큼 잎
모양이 독특하죠. 하지만 당인의 진짜 매력은 물감이 번지듯 끝에서부터 붉은 물이
드는 잎의 색입니다. 빛과 온도가 잘 맞으면 날씨가 선선해지는 가을부터 겨울까지
붉게 물든 당인을 감상할 수 있습니다. 당인의 학명은 오랫동안 칼란코에 티르시폴
리아K. thyrsifolia로 알려져 있었는데, 이 종은 붉은 물이 들지 않는다고 해요.

빛 빛이 충분한 곳 또는 살짝 그늘진 곳에서 잘 자랍니다.
물 건조하거나 아주 조금 촉촉한 흙을 좋아하기 때문에 물이 잘 빠지
는 흙에서 키워야 합니다. 물은 자주 주지 않는 게 좋아요. 잎이 쪼
글쪼글해지고 주름이 생길 때 물을 주세요. 잎이 빵빵할 때는 물을
아껴도 좋습니다.
온도 따뜻한 온도를 좋아합니다. 12도 이상을 유지할 수 있도록 실내에
서 키우는 걸 권장합니다.

빛은 식물의 무늬뿐 아니라 색에도 깊숙하게 관여합니다. 환경에 따라 식물의 색이 변하는 것은 가을이면 빨갛고 노랗게 단풍이 드는 나무를 보며 누구나 자연스럽게 느끼는 자연의 섭리이지요. 자연 속 식물은 정해진 곳에 자리를 잡고 그곳의 환경에 맞춰 색이 변하지만, 화분에 심긴 식물은 우리가 집 안 어디에 화분을 두고 어떻게 키우는지에 따라 색이 변하는 정도가 달라집니다.

다육을 좋아한다면 식물의 잎이 꽤 다양한 색을 가졌다는 걸 잘 알고 있을 겁니다. 붉은색, 노란색, 주황색부터 보라색, 검은색까지 말이지요. 타고난 색을 유지하는 경우도 있지만 환경에 따라 색이 변하기도 하는데, 이것을 "물이 든다"고 표현합니다. 가

을이 되어 낮의 길이가 짧아지고 온도가 내려가면 식물은 광합성량을 줄이고 더는 엽록소를 만들지 않습니다. 그러면서 엽록소의 초록색 대신 식물이 가지고 있던 다른 색소의 색이 드러나지요.

온도가 낮아지면 광합성으로 만들어진 당 성분이 이동하지 않고 잎에 축적됩니다. 이때 어떤 식물은 당 성분을 분해하면서 안토시안anthocyan이라는 색소를 만듭니다. 안토시안은 주변 환경이 산성일 때 붉은색을 띠는 색소입니다. 가을이 깊어지면서 잎에 당분이 쌓여 산성화되면 안토시안을 생성하는 식물은 붉은색으로 변하지요. 더 강렬한 색을 보고 싶다면 일교차를 크게 해 주면 됩니다. 낮에 온도가 높고 햇빛이 강하면 당 성분이 많이 만들어지고, 그 상태에서 밤에 온도가 급격히 떨어지면 만들어진 당 성분이 이동을 못 하고 쌓이면서 많은 안토시안이 생기게 되니까요.

당인이 바로 이렇게 붉게 물드는 식물입니다. 다육식물을 좋아하는 많은 사람이 곱게 물들어 가는 색을 보는 걸 다육 키우는 재미로 꼽지만 저는 늘 초록색이 더 맘에 들었습니다. 그런데 당인만큼은 예외였죠. 하트 모양의 잎을 새빨간 물감에 담갔다 꺼낸 것처럼 끝부터 물들어 가는 모습에 반하지 않을 수 없었습니다. 밀가루를 뿌린 듯한 하얀 점은 당인의 색감을 더욱 신비롭게 합니다. 백분이라고 하는 이 하얀 점은 강한 빛으로부터 어린잎을 보호해 주는 역할을 한답니다.

딱 마음에 드는 만큼 빨간 물이 든 당인을 찾기는 쉽지 않습니다. 식물 속에서 얼마큼의 엽록소와 안토시안이 일하고 있는지 모르니까요. 대신 어떤 색을 보여 주는지 찬찬히 관찰하면서 서로 호흡을 맞추어 가는 즐거움이 있습니다. 그 재미로 가을과 겨울을 훈훈하게 보내도 좋지요. 빛과 온도가 딱 맞아떨어졌을 때 볼 수 있는 가장 아름다운 당인의 색을 찾아가는 것입니다.

당인은 어느 정도 성장하면 연노랑색의 꽃을 피우는데, 꽃이 지면 그 포기도 죽는다고 합니다. 살아 있는 동안 새끼를 많이 치기 때문에 계속 키울 수는 있지만, 당인이 꽃 피울 준비를 하면 설레는 동시에 슬프기도 할 것 같습니다. 예쁘게 물든 당인은 그래서 더 귀합니다. 그러니 마음에 드는 당인을 만난다면 꼭 사진을 찍어 두세요.

직사광선에 대처하는 자세

황금사선인장 *Mammillaria elongata*

---------------------- ☀ ☕ 🌡 ----------------------

황금색 실처럼 반짝이는 가시로 덮여 있는 선인장입니다. 작아도 모자람 없이 돋보
이지요. 선인장을 키워 보고는 싶은데 망설여진다면 부담 없이 도전해 보기에 좋습
니다. 반듯하고 단정한 모양새에 금빛 가시로 화려함을 더해 사무실 책상 위에 올려
놓고 키우기에도 제격입니다. 팍팍한 일상에 한 줄기 황금빛이 되어 줄 수 있어요.
물론, 햇빛이 잘 들어오는 곳이어야 합니다.

빛　　가능하다면 빛을 많이 보게 해 주세요. 창가에 놓고 키우면 좋습
　　　니다.
물　　여름에는 속흙이 마르면 물을 주되 너무 많이 주지 않도록 주의해
　　　야 합니다. 뿌리가 젖은 채로 오래 있으면 썩어 버리거든요. 장마철
　　　과 겨울에는 물을 줄이고 통풍이 잘되게 해 주세요. 쪼글쪼글해지
　　　지 않는 이상 물을 주지 않는 게 좋습니다. 습해지지 않도록 하는
　　　게 중요해요.
온도　건조하다면 추위도 잘 견디는 편이지만, 겨울에도 5~8도 정도는
　　　유지하는 것이 좋습니다.

    식물에게 충분한 빛이 필요하다는 것은 초보도 대략 알고 있
는 사실이지만, 직사광선에 대해서는 주의를 기울여야 합니다.
많은 식물이 직접 내리쬐는 햇빛보다는 창문을 통하거나 그늘 안
으로 넓게 들어오는 빛을 선호합니다. 부드러운 빛이 넉넉하게
퍼져 있는 환경에서 오랫동안 간접광을 받는 것을 좋아하지요.
특히 다육이나 관엽식물은 대부분 한여름 낮의 직사광선에 취약
합니다. 봄가을에는 바람도 쐴 겸 일정 시간 밖에서 직사광선을
쬐면 더 튼튼해지고 무늬나 색도 진해지지만, 여름에는 그 시간
이 너무 길면 안 됩니다. 그런데 저 같은 초보는 그늘에만 있는 식

물에게 미안해서 더운 여름날 갑작스레 뙤약볕에 내어놓는 실수를 저지르기도 하죠. 빛을 좋아하는 식물도 어두운 곳에 있다가 갑자기 강한 직사광선을 받으면 병이 생길 수 있습니다. 빛에 적응할 수 있도록 조금씩 시간을 두고 옮기는 것이 좋아요.

원래 강렬한 태양이 작열하는 사막이나 해변, 혹은 절벽 위에서 자라는 선인장은 직사광선에도 끄떡없습니다. 태양의 뜨거운 빛을 충분히 받으면 가시는 더 튼튼해지고 줄기도 딴딴해지면서 색이 진해집니다. 그러나 집 안에 사는 선인장은 원산지의 선인장만큼 직사광선에 단련되지 않았기 때문에 강한 빛에 나와 있는 시간이 너무 길지 않도록 주의해야 합니다. 뜨거운 여름 한낮의 강한 직사광선을 피해 하루 네 시간 정도가 적당하다고 해요. 물론 선인장마다 직사광선에 대한 선호도가 조금씩 다르니 종류와 상태를 확인해서 조절하는 것이 안전합니다. 또, 물이 묻은 상태에서 직사광선을 받으면 화상을 입을 수 있기 때문에 물을 줄 때는 선인장의 몸에 물이 닿지 않게 조심해야 하지요.

황금사는 직사광선을 즐길 줄 아는 선인장입니다. 끝이 동그랗게 말린 가느다란 가시는 빛을 받으면 금색으로 빛나 황금사라는 이름이 꼭 맞습니다. 화사한 가시 모양이 정말 황금실로 수놓은 꽃이 핀 것 같아서 얼른 데려왔는데, 글솜씨 좋은 친구는 불꽃놀이를 보는 것 같다며 감탄하기도 했습니다. 그 얘기를 듣고 보니 정말 가시들이 축제를 하고 있는 듯합니다. 예전이라면 비슷비슷한 선인장 중 하나로만 보였을 텐데 식물을 좋아하게 되면서 이런 작은 부분에도 감동할 때가 많아졌습니다.

빛을 많이 받을수록 황금사의 가시는 더 촘촘해집니다. 햇빛의 도움으로 더 화려한 불꽃놀이를 볼 수 있는 것이지요. 사진 속 황금사는 고작해야 엄지손가락만 한 크기지만, 빛을 받아 반짝이는 황금색 가시가 엮인 모습은 들여다볼수록 신비롭습니다. 이렇게 조금씩 식물의 아름답고 단단한 디테일을 만들어 가는 것이 빛의 놀라운 능력 중 하나이죠. 성장도 느리고 아픈 티도 잘 내지 않는 선인장을 건강하게 키우기 위해서는 미리미리 저축하듯 평소에 햇빛을 많이 받도록 해 주는 게 좋겠습니다.

지금 물 줘도 될까요?

벵갈고무나무 *Ficus benghalensis*

---— ☀ 🪔 🌡 —---

벵갈고무나무는 인도의 대표 나무로 반얀트리(바난나무)로도 잘 알려져 있습니다. 우리가 집에서 키우는 종은 원예 품종으로 작게 개량된 것이라고 하는데, 원래 벵갈고무나무는 지구상에서 가장 큰 나무 중 하나입니다. 동남아시아에서는 큰 숲을 이루어 자라지요. 아열대 지방에서 자라는 나무지만, 이제 우리나라도 상당히 더워져서인지 집 안에서도 잘 자랍니다. 숲을 이룬 모습은 야성적이고 강렬한 느낌인 데 반해, 집에 있는 벵갈고무나무는 단정하고 깔끔한 느낌입니다. 특히 샛노란 잎맥이 선명하게 보이는 반질반질한 광택의 잎은 사진도 참 잘 받습니다. 마치 붓으로 그린 듯 밝은 노란색 무늬가 불규칙적으로 나타나 수채화벵갈고무나무라고도 불리는 무늬벵갈고무나무도 인기가 많아요.

빛   창가에 두고 밝은 간접광을 많이 받게 하는 것이 좋습니다. 여름에 가끔 직사광선을 받으면 웃자라지 않고 잎에 광택이 돕니다. 하지만 물이 묻은 상태에서 직사광선을 받으면 화상을 입을 수 있으니 조심해 주세요.

물   겉흙이 마르면 물을 흠뻑 주세요.

온도   21~25도 사이의 온도를 좋아합니다. 겨울에도 13도 이상의 온도를 유지하면서 따뜻하게 키워 주세요.

어느 뜨거운 여름날, 꽃집에 갔더니 카리스마 넘치는 꽃집 동생이 출근한 지 얼마 안 된 신입 직원을 엄하게 나무라고 있었습니다. 한낮에 꽃집 밖에 내놓은 식물에 물을 주었기 때문입니다. 물을 준 게 왜 혼날 일인가 궁금해서 들어 보니, 햇볕을 받아 잔뜩 달궈진 화분에 물을 부으면 물의 온도도 높아져 식물에게 뜨거운 물을 붓는 것이나 다름없다고 합니다. 식물의 뿌리가 심각하게 상할 수 있는 거죠. 게다가 물이 잎으로 튀기라도 하면 여름 낮의 강한 태양빛에 그 부분이 화상을 입을 수도 있답니다. 이것 역시 회복이 힘든 치명상입니다.

물 주는 일도 섬세하게 신경 써야 할 것이 많습니다. 아무 때나 내키는 대로 주면 오히려 식물을 괴롭히는 게 될 수도 있죠. 봄여름에는 화분 속 물의 온도가 높아지지 않도록 선선한 저녁때나 해가 뜨거워지기 전인 이른 아침에 물을 주는 것이 좋습니다. 반면 겨울에는 저녁에 물을 주면 밤새 얼어 버릴 수 있으니 아침 이후에 기온이 올랐을 때 주는 게 좋지요. 그런데 저는 왜 여름이면 항상 한낮이 되어야 물 줄 생각이 날까요? 물먹는 타이밍을 잡지 못한 채 더위와 싸워야 하는 제 식물들은 여름철마다 이만저만 고생이 아닙니다. 반대로 겨울이 되면 저녁이 되어서야 물 줄 생각이 나는 것은 또 무슨 경우인지 모르겠습니다.

더운물만큼이나 너무 차가운 물도 좋지 않습니다. 물의 온도가 너무 낮아도 뿌리를 상하게 하고 흡수가 잘 안 되기 때문입니다. 날이 쌀쌀해지면 물을 받아서 바로 주지 말고 어느 정도 실

온에 두고 찬 기운을 빼서 주는 것이 좋다고 합니다. 평소에도 그렇게 하면 불순물이 가라앉아 좋고요. 참 따뜻한 마음 같습니다. 겨울날 차가운 생수 대신 따뜻한 보리차를 내주는 식당이 유난히 고맙게 느껴지는 것처럼요. 식물에게는 너무 뜨겁지도 너무 차지도 않은, 미지근한 온도의 물이 가장 적당합니다. 더위가 지나고 찬 바람이 불기 시작하면 아침에 세수할 때 흘러나오는 찬물이 더는 반갑지 않듯이 식물도 선호하는 물의 온도가 있다는 것은 충분히 이해할 만합니다.

사진 속 벵갈고무나무는 조금 작은 키의 어린나무입니다. 저는 벵갈고무나무 잎의 모양과 샛노란 잎맥을 무척 좋아합니다. 어린아이에게 나뭇잎을 그리라고 하면 꼭 이런 모양일 것 같은, 크레파스로 그린 듯 단순하고 정직한 모양새가 담백한 느낌을 줍니다. 독특하고 신기한 모양의 잎과는 또 다른 아름다움이지요. 이 건강한 모습을 오래 유지할 수 있게 물 주는 방법을 잘 익혀서 챙겨 주고 싶습니다. 벵갈고무나무처럼 잎이 큰 식물은 물에 젖은 채로 직사광선 쬐는 것을 특히 조심해야 합니다. 잎이 커서 한 장에만 상처가 나도 피해가 꽤 크니까요. 잎이 단단하고 환경에 크게 예민하지 않아서 믿음직스럽지만, 튼튼하다고 소문난 식물이 제 품에서 기력을 잃으면 더 충격이 클 테니 긴장해야겠습니다. 삐뚤빼뚤한 아이들의 그림을 냉장고 문에 소중히 붙여 놓듯 고이고이 잘 간직하고 싶은 잎이니까요.

물을 주는 기술

올리브 *Olea europaea*

식물과 함께하는 인테리어가 유행하면서 최근 눈에 많이 띄는 올리브는 사실 역사가 오래된 식물입니다. 비둘기가 노아의 방주로 처음 물고 온 나뭇잎이 바로 이 올리브 잎이라고 해요. 원래는 그리스가 있는 에게해 지역의 나무입니다. 지중해 유역의 대표 나무로 스페인이나 이탈리아에서는 웅장한 고목 느낌의 커다란 올리브가 가로수로 심어진 걸 볼 수 있어요. 지금은 우리나라에도 올리브를 키워 열매를 재배하는 농장들이 생기고 있습니다. 5~7월에 꽃을 피우는데, 충분히 나이를 먹은 나무라면 그 후에 열매를 맺습니다. 집에서 키우면서 올리브 열매를 따 먹을 수 있다면 정말 좋겠지만, 적어도 5~10년 이상 지나야 열매를 맺기 시작합니다. 게다가 독성이 있어 따서 바로 먹으면 큰일 나지요. 열매는 못 먹더라도 올리브는 평화와 부를 상징한다고 하니 집집마다 꼭 필요한 나무가 아닐까 싶습니다.

빛 올리브를 키울 때 가장 중요한 것은 빛입니다. 겨울 외에는 야외에 두고 햇빛을 많이 받게 하는 것이 좋습니다. 집 안에서 키운다면 햇빛이 가장 많이 드는 곳에 놓아 주세요.

물 겉흙이 마르면 물을 흠뻑 주고 잘 빠지게 해 주세요. 겨울에는 좀 더 건조하게 키워야 합니다.

온도 나이를 충분히 먹은 어른 올리브는 영하 15도까지 견딜 만큼 추위에 강합니다. 하지만 집에서 키우는 올리브는 대부분 어린아이라 추위에 약하기 때문에 야외에서 겨울을 보내는 것은 어려워요. 겨울철에는 베란다처럼 실내의 선선한 곳에 들여놔 주세요.

　저는 가끔 물을 줘야 할 때인지 아닌지 확신이 서지 않으면 준 것도 안 준 것도 아닌 애매한 양의 물을 식물에게 주곤 했습니다. 물이 필요하면 먹고 아니면 말겠지 하는 마음이었죠. 하지만 이런 우유부단한 태도는 바람직하지 않습니다. 물을 줄 때는 화분 밑으로 물이 흘러나오도록 흠뻑 주는 것이 좋습니다. 수분 공급만큼이나 뿌리 주변의 노폐물이 씻겨 나오는 것이 중요하기 때문입니다. 먹는 물이기도 하고 씻는 물이기도 한 거죠. 물을 너무 적게 주면 밖으로 물이 새어 나오지 못하고 화분 안에 고여 뿌리를 썩게 할 수도 있습니다. 물을 준 후에는 화분 밑에 있는 구멍이 막혀 있지는 않은지 확인한 다음 화분의 위치를 조절해 물이 흘러 나갈 수 있게 해야 합니다. 구멍이 없는 화분은 살짝 기울여 남아 있는 물을 따라 버리면 됩니다.

물론 물을 한꺼번에 많이 주는 것보다 조금씩 주는 것을 좋아하는 식물도 있습니다. 원래 물을 많이 먹지 않는 식물, 휴면기에 들어간 식물, 갑작스러운 변화에 취약한 식물 등은 물의 양이 과하지 않게 해야 합니다. 또한, 장마철에는 공기 중에 수분이 많기 때문에 평소보다 물을 줄여야 합니다. 식물마다 다른 특징을 알아두고 환경에 따라 상태를 유심히 살펴서 물 주는 방법을 결정해야 하죠.

물을 콸콸 주는 것이 좋다고 해서 한 번에 세차게 콱 들이부으라는 얘기는 아닙니다. 물이 화분 전체에 스며들도록 천천히 골고루 주어야 해요. 한 곳에 너무 세게 부으면 물길이 생기면서 물이 다 빠져나가 흙 전체로 전해지지 못하거든요. 하늘에서 비가 내릴 때처럼 전체적으로 골고루 뿌리는 게 좋습니다. 어린 시절 집에 있던 물뿌리개에 샤워기처럼 생긴 동그란 주둥이가 달렸던 것이 기억납니다. 물뿌리개를 기울이면 물줄기가 하늘을 향해 살짝 올라갔다가 완만한 포물선을 그리며 봄날의 보슬비처럼 부드럽게 땅으로 떨어졌습니다. 그걸로 여기저기 물을 뿌리고 다니는 것을 좋아했는데, 지금 보니 그 우아한 포물선도 식물을 위한 배려였네요.

일반적으로 관엽식물은 화분의 겉흙이 말랐을 때, 다육이나 선인장처럼 건조한 걸 좋아하는 식물은 속흙까지 말랐을 때 물

을 주는 것이 좋습니다. 물론 각각의 식물마다 물이 필요한 시기는 다르죠. 같은 식물이라도 계절과 날씨에 따라 물을 원하는 때가 달라지고 사는 환경에 따라서도 차이가 생깁니다. 온종일 햇빛이 쏟아져 들어오고 앞뒤로 맞바람이 불어 따뜻하고 건조한 제 친구네 집 베란다에서 자라는 식물에게는 생각보다 자주 물을 줘야 합니다. 하지만 햇빛이 적게 들고 바람이 거의 통하지 않는 우리 집 거실의 식물에게 똑같이 물을 줬다가는 금방 뿌리가 물러버릴 겁니다. 물 주는 주기를 길게 잡고, 물을 준 후에 잘 빠져나가도록 하는 데 훨씬 더 신경을 써야 하죠. 같은 식물을 키워도 친구는 물이 보약, 저는 바람이 보약이라는 철학을 갖게 됩니다.

그래서 물을 줄 때는 흙의 상태를 먼저 확인하는 것이 중요합니다. 하지만 초보 입장에서는 겉흙만 말랐는지 속흙까지 말랐는지 알아내기도 쉽지 않지요. 이럴 때는 흙 속에 손가락을 넣어보거나 나무젓가락으로 찔러 봅니다. 뿌리가 상하지 않게 조심히 넣어야 하는데, 나무젓가락을 넣는 경우에는 잠시 기다렸다가 꺼내야 해요. 손가락 한 마디 깊이 정도 넣었다 꺼냈을 때 흙이 달라붙지 않고 후드득 떨어지면 겉흙이 마른 상태입니다. 조금 더 깊이 손가락 두 마디 이상 넣었다 꺼냈을 때도 흙이 달라붙지 않는다면 속흙까지 마른 것이고요.

성실한 초보는 처음 식물을 만났을 때 들었던 지침대로 1년 내내 규칙적으로 물을 주기도 하는데, 안타깝게도 그다지 좋은 방법은 아닙니다. 물을 굶기지 않기 위해 물 주는 날짜를 기억해 두는 일이 필요할 수도 있지만, 환경에 따라 물 주는 주기는 변해야 합니다. 흙과 잎, 줄기의 상태를 보면서 정해야 하죠. 이런 게 초보의 마음을 심란하게 합니다. 상태를 봐도 모르겠으니 그냥 일주일에 한 번이나 한 달에 한 번으로 날짜를 정해 줬으면 하죠. 예민하지 않은 식물을 만나 우연히 물을 준 날이 딱 수분이 필요했던 날이기를 바라야 하는, 어려운 길을 가는 것이 식물 초보입니다. 식물을 잘 키우는 사람에겐 상태를 살펴 물을 주는 것이 너무 쉽고 당연하겠지만 초보에게는 교과서 위주로 공부했다는 수능 만점자의 이야기처럼 들릴 뿐입니다. 흙도 찔러 보고 잎도 들여다보며 신중히 관찰하고, 어쩔 수 없이 시행착오를 겪으며 경험을 쌓는 수밖에 없습니다.

올리브는 물 관리에 특히 신경을 써야 하는 식물입니다. 건조한 환경을 좋아해서 물을 충분히 주고 난 후에는 잘 빠지게 하는 게 중요하죠. 물 빼는 일이 어렵다고 적당히 쫄쫄 주기만 하면 물이 고여서 과습이 될 수 있습니다. 특히 어린 올리브는 추위에 약하기 때문에 겨울날 화분 안에 물이 남아 있으면 더 위험합니다. 행복한 올리브를 오래 보기 위해서는 환하면서 바람이 잘 통하는 곳에 놓아두고, 물을 준 후 흙이 잘 마르도록 하는 노력이 필요합니다. 집 안에서 키우기는 조금 까다롭지만, 원래 올리브는 수명이 굉장히 길다고 해요. 열매까지는 바라지 않아도 아무쪼록 잘 먹고 잘 적응해서 오래도록 곁에 있어 주기를 기대해 봅니다.

저면관수 배우기

디시디아 임브리카타 *Dischidia imbricata*

☀ 🪴 🌡

펄럭대는 코끼리의 귀를 닮은 잎을 아래로 늘어뜨리면서 자라는 디시디아 임브리카 타입니다. 디스키디아로 발음하기도 해요. 아직 적당한 우리나라 이름이 없어 학명으로 부르고 있지만, 별명은 역시 '코끼리귀'입니다. 잎이 돌돌 말려 있어 시든 것으로 오해할 수 있는데, 디시디아 임브리카타의 고유한 특징이에요. 동남아시아의 정글 출신이지만 우리나라에서 인기가 더 좋은 건지 해외 자료보다는 국내 자료가 더 많습니다. 우리나라에서는 행잉 플랜트의 유행과 함께 꽤 사랑받고 있어요. 향기가 매우 좋은 하얗고 작은 꽃을 피운답니다.

빛　어느 정도 그늘도 괜찮지만, 간접광이 많이 들어오는 반양지에서 가장 잘 자랍니다. 직사광선에는 상처를 입을 수 있습니다.

물　일주일에 한 번 정도 10~20분가량 물에 푹 담갔다 꺼내 주세요. 물을 주고 난 후에는 잘 말려야 곰팡이의 공격을 피할 수 있습니다. 습한 환경을 좋아하므로 생각날 때마다 분무기로 물을 뿌려 주세요.

온도　바람이 잘 통하는 실내에서 따뜻하게 키우세요.

　새로운 분야를 공부할 때 초보를 위축시키는 것 중 하나는 처음 접하는 용어입니다. 식물에 익숙한 사람들이 일상적으로 쓰는 기본적인 단어도 무슨 뜻인지 몰라 기죽을 때가 많지요. 그 대신 몰랐던 용어를 익혀서 적절한 순간에 사용하게 되면 알아주는 사람이 없어도 혼자 뿌듯합니다. 저에겐 저면관수가 그런 단어 중 하나입니다. 저면관수는 화분의 밑부분을 물에 담가 뿌리가 아래쪽에서부터 스스로 수분을 빨아들일 수 있게 하는 것을 말합니다. 가끔 엄마가 욕조나 싱크대에 물을 받아 화분을 넣어 두곤 했는데, 그때는 그냥 얘들이 왜 여길 차지하고 있나 했었지요. 그게 바로 저면관수였습니다.

　식물마다 저면관수에 필요한 시간은 다릅니다. 물 속에 너무 오래 담가 두면 공기가 안 통해서 뿌리가 상하고 자라지 못할 수 있으므로 보통 겉흙이 촉촉해질 때쯤 꺼내야 하지요. 저면관수를 하면 흙 전체에 물을 골고루 주는 것과 같은 효과가 있습니다. 뿌리가 수분을 찾아 아래로 뻗어 나가기 때문에 한쪽으로 물이 몰리지 않고 뿌리도 더 잘 자라게 됩니다. 줄기나 잎으로 물이 튀는 것도 막을 수 있지요. 위에서만 물을 주면 나중에는 흙이 단단해져 수분이 잘 흡수되지 않거나 뿌리가 자라기 힘들어지기도 하는데, 이때도 저면관수가 해법이 될 수 있습니다. 오랫동안 집을 비울 때도 물을 공급할 수 있는 좋은 방법이지요. 물에 담긴 채 오래 있지 않도록 얇은 그릇이나 돌을 깐 그릇에 물을 조금 받아서 화분을 올려놓거나 젖은 신문지를 바닥에 깔아 주면 뿌리가 완전히 젖지 않고 적당한 양의 물을 빨아들일 수 있습니다.

저면관수에 장점만 있는 것은 아닙니다. 위에서 물을 주면 물이 아래로 빠져나가면서 노폐물도 같이 쓸려 가는데, 저면관수만 하면 노폐물이 흙 속에 쌓일 수도 있습니다. 또 잊지 않고 제때 물에서 꺼내 줘야 하는 것은 자주 깜빡깜빡하는 사람이나 저 같은 게으름뱅이에게는 단점이라 할 수 있죠.

저면관수를 해야 하는 식물이 정해져 있는 것은 아니지만 보통 뿌리가 썩기 쉬운, 건조하게 키워야 하는 다육 같은 식물은 저면관수가 좋습니다. 반면, 흙 속의 영양 상태에 영향을 많이 받는 식물은 위에서 물을 뿌려 노폐물을 씻어 내는 게 더 좋습니다. 결국 식물의 성격과 상태를 보고 적절히 혼합해야 한다는 말이지요.

디시디아 임브리카타는 저면관수로 키우기 알맞은 식물입니다. 일주일에 한 번 정도 물에 푹 담갔다가 10~20분 후에 꺼내면 됩니다. 물을 좋아해서 가끔 분무기로 잎에 물을 뿌려 주면 더욱 좋고요. 원래 나무에 붙어사는 식물이라 해외에서는 나무토막 같은 데 붙여서 키우기도 해요. 정글에서는 동그랗게 말린 잎이 개미의 아늑한 집이 되기도 한답니다. 집 안에서 키울 때는 공중에 걸어 두거나 선반에 올려 잎을 아래로 길게 늘어뜨리면 싱그러운 분위기를 가져다줍니다. 꽃이 피면 향이 그렇게 좋다는데, 물을 잘 준 사람에게 주는 선물인가 봅니다.

꿀팁은 바람

마오리소포라 *Sophora prostrata* 'Little Baby'

───────────── ☼ 🫖 🌡 ─────────────

보면 볼수록 빠져드는 매력을 가진 마오리소포라는 플랜테리어가 각광을 받으면서
인기가 높아졌습니다. 원래 뉴질랜드 지역에서 자라는 작은 나무인데, 실내에서는
존재감이 남다릅니다. 뉴질랜드 원주민인 마오리족의 강인함을 닮아서 마오리라는
이름이 붙었다는 설이 있어요. 풍성한 잎보다는 멋스러운 가지가 잔잔하게 뻗어 가
는 모습을 즐길 수 있는 식물입니다. 전체적인 형태가 주는 조형미는 물론, 자세히
들여다보아야만 눈에 들어오는 쌀알 모양의 잎이 주는 기쁨도 놓치지 마세요.

빛   간접광을 좋아합니다. 직사광선이 아닌 은은한 빛이 오랫동안 충
      분히 들어오는 곳에 놓아두세요.

물   마른 느낌이 들면 조금씩 물을 주는 것이 좋습니다. 흙이 마른 채
      로 오래 있으면 잎도 말라 버리고 다시 살아나기 힘들어요. 바람이
      잘 통하도록 신경 쓰는 것이 굉장히 중요합니다.

온도   10~25도 정도의 선선한 기온에서 잘 자랍니다. 야외에서 자라는
      마오리소포라는 겨울 추위도 잘 견디는 편이지만, 화분에서 키울
      때는 겨울철에 야외에 두면 위험할 수 있습니다. 온도가 많이 떨어
      지면 실내로 들여 주세요.

　식물에 관한 공부를 하다가 '이것이 죽어 가는 우리 집 식물을
살리고 나를 초보에서 탈출시켜 줄, 고수라면 모두 알고 있다는
그 비법인가!' 했던 것이 있습니다. 바로 바람의 역할입니다. 물,
빛, 온도, 그리고 바람까지가 초보도 알아야 하는 식물 키우기의
필수 세트였던 것입니다.

　화분 위로 드러난 줄기와 잎뿐 아니라 화분 속까지도 바람의
힘이 필요합니다. 통풍이 잘돼야 뿌리가 건강하게 살 수 있기 때
문입니다. 특히 물을 주고 난 후가 중요합니다. 습도가 높은 여름
일수록 더욱 신경을 써야 하지요. 건조한 환경을 좋아하는 다육

과 선인장에게는 과습이 가장 위험하므로 축축한 상태가 오래가지 않도록 하는 것이 필수입니다. 잎이 많거나 줄기가 촘촘히 붙어 있는 식물도 바람이 잘 통하지 않으면 성장에 문제가 생길 수 있습니다.

물, 빛, 온도를 다 잘 관리하는 것 같은데 식물이 영 시들시들하고 상태가 좋지 않다면 화분 속을 의심해 봐야 합니다. 흙이 계속 젖어 있어서 습도가 높아졌거나 뿌리가 꽉 차서 호흡이 안 되고 있을지도 모르니까요. 잎이나 줄기의 상태를 보고도 문제를 찾지 못하면 화분에서 식물을 꺼내 뿌리의 상태를 보고 진단해야 합니다. 하지만 초보에게는 화분에서 식물을 꺼내는 것부터가 두려운 일입니다. 뿌리를 본다고 딱히 뭐가 문제인지 알아낼 수 있는 것도 아니고, 화분에 다시 넣는 것 또한 보통 일이 아니지요. 이 모든 일은 실제로 뿌리를 상당히 자극하기 때문에 신중해야 합니다. 왕초보가 정말 식물을 꺼내야 하는 상황이라면 전문가에게 부탁하거나 경험 있는 분과 함께하는 것이 안전합니다.

이런 일을 피하려면 평소 화분이 있는 장소에 바람이 잘 통하는지 확인하는 것이 중요합니다. 보통의 실내 공기는 우리가 느끼는 것보다 식물에게 더 답답할 수 있어 식물을 시름시름 앓게 하는 원인이 되는 경우가 많습니다. 초보가 놓치기 쉬운 부분이죠. 식물의 상태가 좋지 않을 때는 일단 통풍이 잘되는 곳으로 옮기고 잎과 흙에 신선한 바람이 들어갈 수 있는 시간을 주는 것이 필요합니다. 날씨가 허락한다면 얼마 동안 야외나 창밖에 내어놓아도 좋습니다. 선풍기를 틀어 주는 것도 좋은 생각이에요. 화분을 바구니 같은 곳에 넣어 두었다면 가끔, 특히 물 준 후에는 꼭 꺼내서 바람이 통하도록 해야 합니다. 흙이 너무 축축하거나 공기가 부족해서 식물에게 문제가 생긴 거라면 바람이 특효약이 될 수 있습니다.

마오리소포라는 인테리어에 관심 있는 사람들에게 압도적인 지지를 받는 식물입니다. 지그재그로 자라는 가지와 작은 잎이 만드는 수형이 독특하지요. 하지만 대중적인 인기에 비해서 키우기는 조금 까다롭습니다. 나름 식물 금손인 친구도 야심 차게 데려갔다가 얼마 안 지나 시무룩하게 슬픈 소식을 전해 왔었지요. 원산지인 뉴질랜드의 자연과는 너무 다른 도시 생활에 아직 적응이 더 필요한 모양입니다. 물은 한꺼번에 주기보다는 살살 조금씩 주고, 무엇보다 항상 바람이 잘 통하도록 상당히 신경을 써야 합니다. 처음부터 공기가 잘 통하는 흙과 화분을 선택하는 것도 필수이지요. 야생에서 자라던 때를 기억하며 바람을 그리워하는 것인지도 모르겠습니다.

화분 속은 눈에 보이지 않으니 답답합니다. 역시나 눈에 보이지 않는 바람의 힘을 믿을 수밖에요. 눈으로 볼 수는 없지만 바람이 식물에게 미치는 영향력은 생각보다 막강합니다. 물, 빛, 온도에 더해 초보가 꼭 기억해야 할 제4의 힘이지요.

바람에 거는 기대

립살리스폭스테일 *Rhipsalis baccifera*

가늘고 긴 줄기가 아래로 처지면서 자라는 립살리스는 행잉 플랜트로 키우기에 더할 나위 없이 좋은 식물입니다. 줄기의 굵기와 모양에 따라 굉장히 다양한 종류로 나뉘어요. 사진 속 립살리스는 그중에서도 줄기가 가는 편인 립살리스폭스테일입니다. 갈대선인장 또는 겨우살이선인장이라고도 불리지요. 선인장 대부분의 원산지가 아메리카 대륙인 것에 비해 립살리스폭스테일은 아프리카와 스리랑카에서도 자생하는 것으로 알려져 있습니다. 초록색 커튼이 사르르 내려온 것 같은 줄기를 손으로 만져 보면 감촉이 참 좋습니다. 아래로 뻗는 가느다란 줄기의 모습이 비 오는 풍경을 연상시키기 때문인지 립살리스레인이라는 서정적인 별명도 가지고 있습니다.

빛 반양지에서 잘 자랍니다. 가끔 햇빛이 많은 곳에 놓아두는 것도 좋아요.

물 물을 좋아하는 편입니다. 일주일이나 열흘에 한 번 정도 겉흙이 말랐는지 확인한 다음 물을 흠뻑 주세요. 속흙까지 다 마른 채로 오래 두는 것은 좋지 않아요. 보통 분무기로 물을 뿌리면서 키우는 행잉 플랜트와는 달리 흙에 물을 주는 게 좋습니다. 줄기가 덥수룩해서 통풍이 잘되도록 하는 것이 매우 중요합니다.

온도 16~25도 정도의 따뜻한 곳에서 키우세요. 겨울에도 10도 이상을 유지하는 것이 좋아요.

봄이 되면 아파트 단지 안이나 주택가 골목에서 바람을 쐬러 밖으로 나온 화분들을 볼 수 있습니다. 예전에는 그냥 지나쳤을 풍경이지만, 이제는 멈춰 서서 한참을 들여다봅니다. 사람 키를 훌쩍 넘기는 근사한 여인초부터 다 죽어 가는 공작선인장, 원래 모습을 가늠할 수 없게 말라비틀어진 각종 다육까지 다양한 상태의 남의 집 식물을 구경할 수 있는 흔치 않은 기회입니다. 꽃집이나 농장에서 생생한 식물을 보는 것과는 완전히 다른 재미가 있죠. 오랜 세월 동안 키워 준 사람의 손을 타고 그 집의 환경에 적응해 온 모습을 그대로 볼 수 있습니다. 감탄이 나올 만큼 훌륭한 외모의 식물도 있지만, 줄기가 쭉 웃자랐거나 잎에 구멍이 나 있거나 잎끝이 누레진 게 대부분입니다.

봄날 햇볕 아래 나와 있는 식물을 보면 어쩐지 가슴이 찡합니다. 보호자는 겨울 동안 비실비실해진 식물에 마음이 아팠을 겁니다. 추위에 시달리고 적은 광량에 힘을 잃어 메마른 식물이 안쓰러워 봄바람이 불기만을 기다리다가 얼른 들고나온 게 분명합니다. 봄의 볕과 바람에 마지막 희망을 거는 거죠. 내다 버린 것과는 엄연히 다릅니다. 바람 쐬는 중이니 가져가지 말라는 쪽지나 몇 동 몇 호라는 이름표가 붙어 있기도 합니다. 한갓진 곳에 옹기종기 모여 있는 모양이 사뭇 애절합니다. 겨울을 지낸 식물에게는 봄바람이 따뜻한 햇살만큼 중요합니다. 흙 속에 신선한 공기를 불어넣고 잎도 실컷 숨을 쉴 수 있게 하죠. 다만, 갑자기 직사광선을 쐬면 안 좋을 수 있으니 흐린 날부터 살살 내놓아 빛

에 적응할 시간을 줘야 합니다.

저와는 다르게 식물 금손인 엄마도 바람의 힘을 믿었습니다. 비실거리는 식물 때문에 속상해할 때면 화분을 밖에 내놓아 보라고 하십니다. 도로와 가까워 창문을 열어 놓기 힘든 집에 살 때는 종종 1층 화단에 화분을 내놓으셨습니다. "거풍 중입니다"라는 거창한 쪽지도 붙여 놓았죠. 그때 바람을 쐬고 돌아온 화분들은 대부분 제 키를 넘는 나무가 되어 지금껏 잘 자라고 있습니다.

바깥에 내어놓은 각양각색의 식물에는 그동안 잘 돌봐주지 못한 보호자의 미안함이 묻어 있습니다. 대부분의 식물은 고맙게도 그 마음에 보답합니다. 며칠 뒤에 가 보면 제 색을 찾은 잎이 자라 몰라보게 달라진 식물도 있고 단단해진 줄기 사이에서 나오는 연둣빛 새싹도 심심찮게 볼 수 있습니다. 이렇게 살아나는 식물을 보면 구경꾼도 신이 납니다. 봄바람의 위대함에 감격하게 되지요.

립살리스는 빼곡하게 얽힌 줄기 사이에 물이 고이기 쉬워 바람의 도움이 꼭 필요한 식물입니다. 촉촉한 걸 좋아해서 물을 자주 줘야 하는데, 물을 주고 난 후에는 특히 통풍에 신경을 써야 하죠. 너무 강한 바람을 많이 맞으면 흙까지 바싹 말라 버릴 수 있어 살살 부는 미풍이 적당합니다. 봄바람이 불기 시작하면 창가에 걸어 놓고 창문을 열어 주면 좋습니다. 치렁치렁 늘어진 줄기가 바람에 흔들리는 모습은 언제나 기분 좋은 풍경입니다. 바람이 어떤 일을 해 줄지 기대하게 되죠.

식물이 쉴 때와 자랄 때

미파 *Faucaria tigrina* 'Kikunami'

───────── ☼ 🫖 🌡 ─────────

미파는 파우카리아속의 식물로 파우카리아faucaria의 어원은 '동물의 입·동물의 이빨'이라고 합니다. 잎의 가장자리에 있는 뾰족한 돌기가 꼭 날카로운 이빨처럼 보여 얻은 이름이에요. 미파는 일본에서 들어온 이름일 텐데, 미파라는 단어에는 '잔잔한 물결'이라는 뜻도 있다고 합니다. 한자는 다를지 몰라도 학명보다 훨씬 낭만적인 이름이지요. 미파가 속한 파우카리아속 식물은 모두 겨울에 활발히 활동하는 겨울형 다육입니다. 미파의 노란 꽃도 이때 피지요. 위로 자라기보다는 옆으로 퍼져 나가기 때문에 조금 큰 화분에서 키우는 게 좋습니다.

빛   햇빛을 충분히 받게 해 주세요. 빛이 충분해야 꽃도 잘 피고 잎 테두리의 하얀 줄도 선명해집니다.

물   물을 줄 때는 한 번에 흠뻑 주고 흙이 완전히 마르도록 해야 합니다. 건조한 느낌으로 키우다가 잎이 쪼그라드는 것 같으면 물을 주세요. 여름은 휴면기이므로 물을 줄여야 합니다.

온도 여름에는 통풍이 잘되는 시원한 곳에 두는 것이 좋습니다. 겨울철에는 5~10도 이상의 온도가 적절해요.

　빛, 물과 함께 온도 역시 초보의 영역이라고 했지만 사실 식물이 있는 곳의 온도까지 세심히 챙긴다면 이미 진정한 초보라 할 수 없습니다. 모름지기 참초보란 내가 사는 온도면 식물도 살아갈 수 있다고 막연히 믿는 배짱이 있는 사람입니다. 따뜻한 계절에는 베란다에 내놓고 겨울에는 집 안으로 들여오는 정도면 꽤 성실한 초보지요. 어떤 식물은 24~28도에서 키우면 좋다는 등의 말을 들어도 그러려니 하고 맙니다. 24도까지 멀쩡하던 식물이 23도부터 시들기 시작하는 것은 아니니까요.

　초보가 온도에 대해 여유 있는 마음을 가지게 된 데는 식물의 탓도 큽니다. 식물은 주변의 온도 변화에 대단히 과학적이고 전

략적으로 대처할 수 있는 체계를 갖추고 있습니다. 대표적인 것이 식물의 휴면기와 생장기입니다. 계절이 바뀌면서 온도, 일조량, 공기 중의 습도 등이 변하면 식물은 온몸으로 이를 알아채고 대응합니다. 환경이 잘 맞으면 새잎이 자라고 꽃이 피는 등 활발하게 성장과 번식을 하는 생장기로 들어가고, 적응하기 어려운 환경이 되면 모든 활동을 멈추고 휴식을 취하는 휴면기를 준비합니다.

대부분의 식물은 온도가 높아지는 초봄부터 늦여름까지가 생장기입니다. 덥지도 춥지도 않은 적당한 날씨를 좋아해서 봄가을에 생장기를 보내고 여름과 겨울에는 쉬는 식물도 많죠. 조건이 잘 맞는 환경에서 생장기를 맞이한 식물은 폭풍 성장을 합니다. 비료를 주거나 분갈이와 번식을 하기에도 좋은 시기라 식물 키우는 사람은 할 일이 많아지지요. 생장기의 힘은 굉장해서 초보도 조금만 관심을 기울이면 식물의 활발한 활동을 볼 수 있는 고마운 기간입니다.

봄에서 가을 사이 생장을 하던 식물은 가을바람이 차가워지면서부터 부지런히 추위에 대비하기 시작하고 겨울이 오면 모든 활동을 최소화합니다. 가뿐하게 겨울을 나기 위해 잎을 떨어뜨리기도 하지요. 죽은 게 아니라 겨울을 견디면서 봄을 준비하는 중이니 귀찮게 하지 말고 최소한의 것만 유지해 주면서 평화롭게 놔두는 것이 좋습니다. 잎이 다 떨어진 모습을 보면 겨울은 식물이 모두 잠드는 쓸쓸한 계절인 것 같지만, 꼭 그렇지는 않습니다. 군

고구마나 붕어빵처럼 겨울이면 우리를 찾아오는, 겨울이 생장기인 식물도 있습니다. 여름에는 더위를 피해 휴면기에 들어갔다가 가을에 깨어나서 겨울을 즐기지요.

민들레를 닮은 노란 꽃을 달고 있는 미파도 겨울에 성장하는 식물입니다. 서늘한 가을바람이 불기 시작하면 꽃을 피우지요. 꽃은 온종일 피어 있는 것이 아니라 햇빛을 충분히 받은 후 3~4시쯤에 활짝 피었다가 저녁이면 다시 오므라집니다. 여린 꽃이 추위에서 살아남기 위한 방법이 아닐까 싶은데, 집에 두고 출퇴근한다면 꽃이 활짝 핀 모습은 보지 못할 수도 있겠어요. 10월부터 2월까지가 생장기인 미파는 두 살 이후부터 이 기간 동안 꽃을 보여 준다는데, 이 사실을 알고 좀 어리둥절했습니다. 제가 이 사진을 찍었을 때는 봄이 한창인 5월이었거든요. 실내에 사는 식물은 아무래도 계절을 느끼는 게 조금 달라서 이런 일이 생기나 봅니다. 서늘함을 각오하고 고개를 내민 미파 꽃도 적잖이 당황하지 않았을까요. 언제든지 꽃이 피는 것은 반가운 일이지만요.

겨울이 찾아오는 문턱에서 미파의 꽃을 본다면 더 반가울 것 같습니다. 날이 추우면 꼼짝도 하기 싫어지는 저로서는 겨울에 성장하는 식물이 더욱 기특합니다. 날씨가 추워질 때 부쩍 외롭고 위축되는 사람이라면 겨울에 활기차게 활동하는 식물을 곁에 두는 것을 추천합니다. 씩씩하게 겨울을 살아 내는 식물의 생기 있는 모습이 스산해지는 마음을 어묵 국물만큼 따뜻하게 데워 줄 테니까요.

겨울의 선물

삼지닥나무 *Edgeworthia chrysantha*

—— ☀ ⌂ 🌡 ——

삼지닥나무는 '가지 끝이 세 개로 갈라지는 닥나무'라는 뜻입니다. 원래는 종이를 만들기 위해 재배하던 나무이지만, 요즘은 관상용으로 많이 기른다고 해요. 그만큼 멋진 모습을 가지고 있습니다. 특히 잎사귀 없는 가지 끝에 꽃만 달린 모습이 예사롭지 않습니다. 독특한 모양의 꽃은 향기도 무척 좋다는데, 저는 아직 꽃이 다 피지 않았을 때 만나서 아쉽게도 향은 맡아 보지 못했습니다. 혹시 꽃이 핀 삼지닥나무를 보게 된다면 꼭 향을 맡아 보세요.

빛 햇빛이 많은 곳에서 키우는 것이 좋지만, 살짝씩 그늘이 있어도 괜찮아요.

물 흙이 촉촉하게 유지되도록 신경 써야 합니다. 겨울철에도 흙이 완전히 마르지 않게 물을 줘야 해요. 물을 준 후에는 잘 빠져나가게 하는 게 매우 중요해요.

온도 야외에서 자라는 나무라면 조건에 따라 겨울에는 영하 5도나 그 이하도 견딘다고 하지만, 실내에서 키우는 경우에는 베란다 정도의 온도가 적당합니다.

한창 추운 겨울날 친구들을 만났습니다. 모두 가진 옷 중에 가장 두꺼운 옷을 챙겨 입고 나왔죠. 그런데 마지막에 등장한 친구가 얇은 코트 한 장에 선글라스를 끼고 나타났습니다. 여름에도 잘 안 쓰던 선글라스는 왜 끼고 왔냐고 한마디씩 하는 우리에게 친구는 파래진 입술로 "너무 추워서"라고 답했죠. 이 친구는 비구름이 잔뜩 꾸물대는 아침에 우산 없이 출근해 어김없이 비를 맞으며 퇴근하고, 청명한 가을날 누구보다 빨리 롱패딩을 개시해 애먼 땀을 흘리고 다니는, 날씨를 거스르는 여인입니다. 옆에서 지켜본바 일부러 그러는 것 같지는 않고, 날씨가 우리 삶에 끼치는 영향에 관한 고찰이 부족한 듯합니다.

다행히 식물은 날씨에 대해 이 친구보다 훨씬 좋은 감각을 가졌습니다. 변화에 민감하게 반응하고 미리미리 대비할 줄 알지요. 계절이 바뀌는 것은 식물에게 엄청난 변화입니다. 햇빛의 양과 공기 중의 습도, 그리고 주변 온도 등 식물이 의지하는 모든 것이 바뀌니까요. 식물은 인간처럼 환경을 자신에 맞게 바꾸려고 하는 대신 환경에 맞춰 자신의 활동에 변화를 줍니다. 계절에 맞는 옷을 사 입고 에어컨이나 히터의 적정 온도를 맞추는 것과는 다른, 은근하면서도 확고한 이 변화에 식물을 키우는 사람도 적절히 협조해야 합니다. 흐린 날 아침 친구에게 우산을 챙기라고 말해 주듯 계절이 변할 때면 식물을 위해 챙겨 주어야 할 것들이 생기죠.

겨울에는 대부분의 식물이 활동량을 줄입니다. 기온이 낮아지고 햇빛의 양이 적어지면 잎의 양분을 뿌리로 보내고 뿌리의 활동을 둔화시켜 물을 적게 빨아들입니다. 성장을 멈추고 필요한 성분을 저장하기 시작하는 것이죠. 그러니 기운 내라고 물을 주겠다는 생각은 넣어 둬도 괜찮습니다. 겨울잠에 들어간 걸 모르고 자라지 않는다고 물을 주면 물이 흙에 고여 뿌리가 썩어 버릴 수 있지요. 과습에 취약한 다육식물의 경우에는 더욱 조심해야 합니다.

1년 내내 따뜻한 아열대 지역에서 온 대부분의 관엽식물은 원래 온도 변화에 따른 휴면기는 가지지 않고 달라지는 비의 양에만 반응한다고 해요. 그러나 추운 겨울이 있는 우리나라에서 살려면 월동 채비를 해야 합니다. 물 주는 횟수를 줄여 성장을 둔화시켜서 휴면기를 가지게 유도해야 하죠. 겨울에 잘 쉬어야 봄에 더 튼튼하게 성장할 수 있으니까요. 난방으로 실내 공기가 너무 건조해지는 것이 걱정된다면 잎에만 살짝 물을 뿌려도 좋습니다. 난방기에서 나오는 뜨거운 바람을 바로 맞지 않도록 해 주는 것도 중요합니다.

겨울철에 성장하는 식물도 물의 양에 신경 써야 하는 것은 마찬가지입니다. 겨울잠을 자는 식물보다는 물이 필요하지만 그렇다고 너무 많이 주는 것도 안 됩니다. 짧은 시간 저면관수를 하는 게 안전해요. 저녁때 물을 주면 밤사이 얼어 버릴 수 있으니 하루 중 가장 따뜻한 낮 시간에 주는 게 좋고, 추운 날이 계속될 때는 안 주는 게 나을 수도 있어요.

겨울이라고 햇빛이 필요 없는 건 아닙니다. 낮에는 창가에서 햇빛을 충분히 받게 하고 밤에는 안으로 옮기는 게 좋지요. 베란다처럼 조금 추운 곳에 있다면 밤에는 실내로 들이거나 신문지를 덮어 밤사이 얼어붙는 것을 막아야 합니다. 날이 춥다고 식물을 갑자기 실내로 들이면 부족한 빛과 통풍이 안 되는 건조한 환경 때문에 오히려 건강을 해칠 수 있습니다. 비료를 주거나 분갈이를 하는 것도 생장의 힘이 넘치는 봄가을로 미루는 게 좋습니다. 겨울에는 식물이 추위를 피해 움츠리고만 있는 것 같지만 사실 새로운 생장을 준비하기 위해 최소한의 것만 남기고 가장 중요한 것에 집중하는 시기로, 식물의 진짜 능력이 발휘되는 계절이라고 합니다.

식물의 겨울나기를 이야기하며 삼지닥나무를 선택한 이유는 이보다 더 겨울 분위기가 나는 식물이 있을까 해서입니다. 앙상한 가지 끝에 달린 보슬보슬한 꽃이 꼭 눈송이 같습니다. 눈 덮인 들판에 삼지닥나무가 홀로 서 있는 모습을 상상하면 시조의 한 장면 같은 정취가 느껴집니다. 하지만 삼지닥나무의 꽃은 사실 겨울을 보내고 난 후 3~4월경에 잎보다 먼저 나온다고 해요. 그래서 잎이 없는 나무에 꽃만 달린 멋진 모습을 볼 수 있죠. 겨울 추위가 물러갈 때쯤 가지 끝에 꼬물꼬물 꽃봉오리가 만들어지는 것이 보이면 삼지닥나무가 겨울을 잘 보냈다는 증거입니다. 겨울이 남기고 가는 참 근사한 선물이라 해도 좋겠습니다. 역시 시를 부르는 나무인가 봅니다.

여름나기

파파야 *Carica papaya*

———————— ☀ ⌂ 🌡 ————————

열대 과일로 유명한 파파야가 열매로 열리는 식물입니다. 잎 모양도 예쁘고 까다롭지 않게 잘 자라는 편이라 관엽식물로 집에서 키우기 좋아요. 나무와 풀의 성격을 모두 가지고 있다고 해요. 햇빛과 물이 많이 필요하고, 온도도 높은 걸 좋아하는 화끈한 식물입니다. 30도 이상으로 덥게 키우면 열매 맺는 것도 볼 수 있다고 하니 집에서 열대작물 수확의 기회를 노려 봐도 좋을 것 같습니다. 우리나라도 기온이 높아지면서 열대 과일 재배가 가능해졌다더니 얼마 전 마트에서 정말로 국내산 파파야를 발견했습니다. 파파야 열매는 맛있을 뿐 아니라 영양소는 높고 열량은 낮아 다이어트 식품으로 좋다니 기대가 됩니다.

빛 1년 내내 햇빛이 많이 들어오는 곳에서 키우는 것이 좋습니다. 직사광선도 괜찮아요.

물 성장이 빠른 편이라 물을 많이 먹어요. 겉흙이 마르면 바로 듬뿍 물을 주는 게 좋습니다. 흙이 오래 젖어 있으면 안 되기 때문에 물을 준 후에는 잘 빠지게 해야 합니다.

온도 덥고 습한 걸 좋아해서 우리나라에서는 온실에서 재배한다고 해요. 따뜻한 걸 넘어 덥게 키워야 합니다. 낮 온도는 25~35도가 좋아요. 겨울에도 최대한 따뜻하게 15도 이상을 유지해 주세요.

해마다 기록을 경신하는 더위는 프로 집순이인 저마저도 에어컨 빵빵한 카페로 대피하게 합니다. 집 앞에도 카페가 있지만, 제가 좋아하는 카페는 걸어서 8분 거리에 있습니다. 도착할 때쯤이면 등이 푹 젖어 있지만 문을 여는 순간 불어오는 에어컨 바람에 땀이 순식간에 식는 쾌감이 있죠. 카페 안 식물의 커다란 잎이 에어컨 바람에 흔들리는 모습을 보면서 아이스커피를 쭉 들이켜면 이만한 피서가 없습니다. 보기에는 시원해도 사실 식물이 에어컨의 찬 바람을 직접 맞는 것은 좋지 않다고 합니다. 그 생각을 하면 다소 걱정스럽지만, 우리 집 식물보다 상태가 월등히 좋아 보이니 괜한 걱정이겠죠.

여름보다는 겨울을 무서워하는 저는 식물에게도 겨울이 더 혹독하지 않을까 싶지만, 사실 많은 식물에게는 여름이 오히려 위험할 수 있다고 해요. 우리나라의 여름은 무시무시하게 습하고 장마철까지 있어 더욱 그렇죠. 식물에 대한 자료를 찾을 때 이 점을 주의해야 합니다. 건조한 여름을 가진 나라의 자료만 참고했다가는 긴 장마철 비극의 서막이 열릴 수 있습니다.

습한 여름을 잘 나려면 무엇보다 통풍이 중요합니다. 특히 물을 주고 난 후에는 물이 잘 빠지게 하고 건조에 신경 써야 합니다. 뜨거운 날에는 흙이 빨리 말라서 물을 자주 줘야 하지만 장마철에는 주변 습도가 높기 때문에 주기를 늘려야 하죠. 대부분의 다육식물은 강한 햇빛을 좋아해서 여름을 즐길 것 같지만, 과습에 취약해서 습한 여름이 최대의 위기입니다. 잔뜩 습한 날 물을 잘못 주면 공기 중 습도에 흙 속 수분까지 더해져 물러 버릴수 있습니다. 이럴 땐 물을 최대한 줄이고, 물을 주었다면 잘 빠져나가는지 매의 눈으로 지켜봐야 합니다. 바람이 통하지 않는곳이라면 선풍기의 도움을 받아도 괜찮습니다. 에어컨은 끄고 나면 갑자기 습도가 높아져 습기를 싫어하는 식물에게는 위험할 수있으니 조심해야 하고, 에어컨 바람이 식물에게 직접 닿는 것도피해야 하지요. 가지나 잎이 너무 무성해진 식물은 여름이 오기전 미리 가지치기해서 바람이 잘 드나들 수 있도록 하는 것도 좋습니다. 멀쩡한 잎을 떼어 낼 강단이 없는 소심한 초보라면 고수

의 도움을 받아야 할 시점이죠.

여름날의 높은 기온과 강렬한 햇빛 역시 식물을 위험에 빠뜨릴 수 있습니다. 식물도 사람처럼 뜨거운 낮을 보내고 나면 밤에라도 시원하게 쉬어야 하는데, 우리나라는 열대야가 있어 밤에도 온도가 내려가지 않을 때가 많습니다. 이럴 때는 저녁쯤 물을 주어 온도를 한번 떨어뜨리는 것도 방법입니다. 여름날 저녁 한강변에서 시원한 맥주를 마시며 더위를 식히는 사람들처럼 말이죠. 직사광선을 즐기는 식물도 너무 오랜 시간 강한 태양 빛에 노출되는 것은 위험합니다. 물이 닿은 채로 햇빛에 노출되면 화상의 염려도 있지요. 직사광선에 약하거나 더위를 싫어하는 식물이라면 더더욱 한낮에는 그늘에서 빛을 피할 수 있게 해 줘야 합니다.

파파야는 이름부터 여름의 느낌이 충만한, 뜨거운 열대 출신의 식물입니다. 이름은 익숙한데 막상 무슨 맛이었는지는 긴가민가한 그 열대 과일 파파야가 열리는 나무이지요. 콜럼버스는 파파야를 처음 먹고 맛과 향에 반해 '천사의 열매'라고 했다는데, 그렇게 맛있었나 기억을 더듬어 봅니다. 열매도 열매지만, 열대 분위기를 물씬 풍기는 잎 모양 덕분에 바라만 봐도 시원한 느낌이 듭니다. 너무 더운 날에는 이렇게 청량한 잎을 자랑하는 식물과 함께 차라리 열대 분위기에 빠져 보는 것도 좋을 듯싶습니다. 겨울은 겨울답게 여름은 여름답게 나는 게 가장 건강하다고 하니까요.

도대체 다육이 뭔가요?

희성 *Crassula rupestris* 'Tom Thumb'

─────────── ☀ 🜕 🌡 ───────────

희성은 꽃처럼 생긴 작은 잎을 차곡차곡 쌓으며 자라는 다육식물입니다. 여름날 빛을 충분히 받으면 잎의 테두리가 붉은색으로 곱게 물들어요. 창가에서 키우면 더욱 붉어지고, 방 안쪽에 놓으면 초록색을 유지하지요. 빨갛게 물든 잎이 모여 있는 모습이 작은 꽃다발처럼 예쁘지만, 막상 진짜로 꽃이 피면 향기는 상당히 안 좋다고 합니다. 궁금하긴 한데 딱히 맡아 보고 싶지는 않은, 복잡한 심경이 드네요.

빛   간접광을 충분히 받는 것이 좋습니다. 강한 직사광선은 피해 주세요.

물   잎이 쪼글쪼글해지면 물을 흠뻑 주고, 물을 주고 난 후에는 물이 잘 빠지도록 해야 합니다. 잎이 많은 편이라 다른 다육식물보다 물 주는 주기가 빠를 수 있어요. 저면관수로 물을 준다면 몇 분 후에는 남은 물을 버려서 물에 오랫동안 잠겨 있지 않게 해야 합니다.

온도   남아프리카 출신으로 높은 온도를 좋아합니다. 25도 이상에서 잘 자라요.

지금보다 더 천지 분간 못 하던 왕초보 시절, 제가 가지고 있던 수많은 궁금증 중 하나는 바로 '다육'의 정체에 대한 것이었습니다. 막연히 통통한 모양의 잎을 가진 작은 식물이 떠올랐지만, 사실 어떤 식물을 다육이라 부르는지 확신은 없었죠.

다육은 많을 '다'와 고기 '육'을 쓰는 한자어라고 합니다. 고기가 많다니, 식물에게 이게 무슨 소리인가 싶지만 다육식물의 오동통한 잎 모양을 생각하면 납득이 가기도 합니다. 다육식물은 잎이나 줄기, 그리고 분류에 따라서는 뿌리에 수분을 저장하고 있는 식물을 말한다고 합니다. 영어로는 서큘런트succulent라 하는데 웹스터 사전에는 '즙이 많은 식물'로 설명하고 있습니다. 서큘런트의 어원 수쿠스sucus가 '즙' '수액'이라는 뜻을 가진다고 해요. 수분을 미리 저장해 놓는 것은 비가 거의 오지 않는 건조하고 척박한 환경에 적응하기 위한 다육식물 특유의 생존 기술입니다. 형태, 색깔, 꽃의 모양 등이 워낙 다양해서 많은 사람의 사랑을 받으며 키우기 쉬운 식물로도 알려져 있죠. 튼튼하다고 소문난 다육도 모두 떠나보낸 저로서는 섣불리 맞장구치기 힘들지만요.

다육식물은 종류가 매우 많아 다육으로 분류되는 식물이 포함된 '과'만 해도 60개가 넘는데, 우리나라에는 돌나물과의 다육식물이 가장 흔하다고 해요. 하나의 '과' 안에도 다육인 식물과 아닌 식물이 있으며, 같은 식물을 놓고 다육인지 아닌지 학자들 사이에서 의견이 나뉘기도 합니다. 대부분 아프리카의 건조한 사막이 원산지인 것으로 알려졌지만, 의외로 세계 곳곳에서 발견됨

니다. 숲이나 고산지는 물론, 해변이나 소금기 있는 늪지대 등에서 자라기도 한답니다. 식물의 세계는 워낙 방대하니 '이것도 다육이야?' 싶은 다육식물도 분명히 많겠죠.

종류가 다양한 만큼 예외도 있지만 대부분의 다육식물은 비슷한 성격을 가지고 있습니다. 세심하게 챙기는 것보다는 필요한 때만 나타나는 무심한 듯한 관심을 더 좋아하죠. 물은 생각보다 덜 필요하고 빛은 생각보다 많이 받아야 하는데, 이게 말처럼 쉽지 않습니다. 햇빛이 강한 곳에서 온 다육식물은 집에서도 빛이 가장 많이 들어오는 곳에 두는 것이 좋습니다. 줄기만 길어지고 잎이 비리비리하다면 십중팔구 빛이 부족하다는 표시입니다. 따라서 빛을 많이 받을 수 있는 창가에 두는 것이 좋지만 추위에 약하기 때문에 겨울바람은 막아 주어야 합니다. 겨울에는 아주 추운 날이 아니면 낮에는 실외에서 햇빛과 바람을 맞도록 하고 밤에는 들여오는 것이 이상적이겠지요. 깜빡 잊고 안으로 들여오지 않으면 그것이 마지막일 수 있으니 정신을 바짝 차려야 합니다.

다육은 다른 식물과 반대로 밤에 이산화탄소를 흡수하고 산소를 방출하기 때문에 밤사이에 침실에 놓기에 이상적입니다. 이런 식물을 CAMCrassulacean acid metabolism 식물이라고 하는데, 뜨거운 낮에 이산화탄소를 마시려고 숨구멍을 열었다가 수분이 다 말라 버리는 것을 막기 위해 생긴 특성이지요.

이미 몸 안에 수분을 품고 있는 다육식물은 물을 너무 많이 먹으면 쉽게 물러 버릴 수 있습니다. 주기를 정해 놓기보다는 흙이

말랐거나 잎이 말랑해졌는지 확인하고 물을 줘야 합니다. 양을 맞출 자신이 없다면 장마철과 겨울에는 물을 아예 끊는 것도 좋습니다. 이때는 최대한 빛을 많이 받게 해 주는 게 훨씬 유익합니다. 물이 잘 빠지고 바람이 잘 통하게 하는 것은 아무리 강조해도 지나치지 않죠. 예외적으로 직사광선에 취약하거나 물을 좋아하는 다육도 있으므로 특징을 먼저 파악해야 합니다.

희성은 제가 생각하는 전형적인 다육식물의 모습을 하고 있습니다. 줄기 같기도 하고 꽃 같기도 한 잎이 오물오물 자라지요. 농장에서 가져와 화분에 옮겨 심는 과정을 모두 봐서 그런지, 학

창 시절 같은 반에 있었을 법한 친근한 이름 때문인지, 괜히 정이 갑니다. 잎이 촘촘해서 다른 다육보다 물을 자주 먹어야 하면서도 쉽게 과습이 되는 다육 특유의 까탈스러움을 가지고 있지요. 잘 키우는 사람에게는 쉬워도 한 번 실패한 사람은 좀처럼 감을 잡을 수 없는 것이 다육의 마음입니다. 다육과 친해지려면 다육의 생명을 담보로 그 마음을 읽는 아찔한 훈련을 계속하는 수밖에 없습니다. 다육을 위해서라도 다시는 안 키우겠다 마음먹지만 신비로운 모양의 오동통한 잎을 보면 또 도전하고 싶은 유혹에 시달리게 되니 큰일입니다.

선인장과 보내는 시간
조무각 *Stenocereus pruinosus*

단단해 보이는 조무각의 매력은 무엇보다도 푸른빛과 회색빛이 미묘하게 섞인 줄기의 색에 있습니다. 외형이 단순해서 화려하거나 신기한 느낌은 없지만, 줄기 색만으로 충분히 특별하지요. 용신목과 비슷해 보이지만 색뿐 아니라 더 깊고 분명하게 파인 줄기도 조무각의 차별점입니다. 원산지인 멕시코에서는 조무각의 열매를 즐겨 먹어서 많이 재배한다고 해요. 5월이나 10월에 작은 사과만 한 빨간 열매가 맺힌답니다. 멕시코 시골 시장에 가면 볼 수 있다고 하니 멕시코 방문 계획이 있는 분들, 참고하세요.

빛   직사광선을 많이 받는 게 좋습니다. 특히 여름에 빛을 많이 받으면 더 튼튼해져서 꽃을 피우고 가시가 많아지는 데 도움이 된다고 해요. 하지만 실내에서 계속 키우던 선인장은 갑자기 강한 직사광선을 받으면 화상을 입을 수 있으니 서서히 햇빛에 익숙해지게 해야 합니다.

물   물을 줄 때는 충분히 주되 고이지 않도록 조심해야 합니다. 물이 많으면 뿌리 쪽이 무르거나 검게 변하는데, 이럴 때는 썩은 부분을 깨끗하게 잘라 내고 다시 심어야 해요. 겨울에는 단수해도 괜찮습니다.

온도   따뜻한 온도를 유지해 주세요. 겨울철 추위에 오래 노출되어 서리가 내리면 갈색으로 상처가 생깁니다. 상처가 생겨도 죽는 건 아니지만, 한번 생긴 상처는 없어지지 않습니다. 두고두고 속상할 수 있으니 겨울에도 따뜻하게 키워 주세요.

　선인장이나 다육에 별 애정이 없던 때에는 그저 둘이 서로 다른 종류의 식물이겠거니 생각했는데, 알고 보니 다육은 줄기나 잎에 수분을 비축하는 식물 모두를 뜻하는 말이고 선인장은 선인장과에 속하는 식물을 의미하는 것이었습니다. 선인장과의 식물은 전부 줄기에 수분을 비축하니까 모든 선인장은 다육식물에 속합니다. 그러나 선인장과는 아니지만 다육의 특징을 가지는 식물은 수없이 많으므로 다육식물이 모두 선인장인 것은 아니죠. 다육식물의 원산지는 전 대륙에 걸쳐 있지만, 선인장은 주로 아메리카 대륙이 원산지입니다. 선인장과는 나무선인장과, 부채선인장과, 기둥선인장과로 나뉘는데 대략 125~130개의 속,

1,400~1,500개의 종이 포함됩니다. 선인장의 분류에 대해서는 지금도 논의가 계속되고 있다고 해요. 학자들이 모여 이 식물이 선인장인지 아닌지 진지하게 토론하는 모습을 구경해 보고 싶습니다.

선인장은 다육식물인 동시에 다른 다육에게는 없는 고유한 성격을 가지고 있습니다. 그중 가장 중요한 특징은 가시자리areole, 또는 자좌, 엽맥, 맥간엽육 등으로 불리는 부분이 있다는 것입니다. 하나같이 어려운 이름의 이것은 선인장 표면에 있는 둥글고 작은 혹 같은 부위로, 다른 식물의 가지 역할을 합니다. 여기에서 가시와 꽃이 자라나죠. 작은 건 1밀리도 안 되고 큰 건 1센티가 넘습니다. 선인장은 오로지 줄기에만 수분을 저장하고 잎은 가시로 대체되었죠. 가시는 동물에게서 선인장을 보호해 줄 뿐 아니라 잎을 통한 수분 손실을 줄이고 공기 중의 습기를 모아 전달하는 일도 합니다. 모두 물이 극도로 부족한 환경에서 살아남을 수 있게 하는 특징입니다.

선인장은 성장기가 매우 짧고 휴면기를 길게 가집니다. 여름과 겨울 모두 성장을 멈추는 것이 여름방학과 겨울방학 다 챙기고 싶은 저의 마음과 꼭 같습니다. 그래서 자라는 속도가 매우 더디죠. 농장이나 카페에서 볼 수 있는 거대한 크기의 선인장은 그만큼 나이가 지긋한 친구들입니다. 대형 선인장의 가격이 깜짝 놀라게 비싼 것은 그만큼 긴 시간 정성을 다해 키운 노력이 들어가 있기 때문입니다. 그 오랜 시간을 살아왔다고 생각하면 키 큰 선

인장이 예사롭게 보이지 않습니다.

"선인장은 다 좋아"라는 사람도 있지만 "선인장은 빼고 골라줘" 하는 이야기도 간혹 듣게 되는 걸 보면 선인장은 호불호가 분명히 갈리는 식물인 듯합니다. 보통 식물에 기대하는 초록의 싱그러움과 돌보는 정성에 보답해 쑥쑥 자라는 재미가 떨어지는 것은 사실입니다. 대신 개성 넘치는 외모와 주변 환경의 변화에 호들갑스럽게 반응하지 않고 단단하게 자라는 뚝심이 있죠.

선인장을 키우려면 반려식물이라는 말 그대로 삶을 함께할 마음의 준비를 해야 합니다. 성장이 더딘 만큼 죽었는지 살았는지 의심스러운 시간을 오래 보낸 후 줄기가 손톱만큼 자라거나 콩 알만 한 새끼가 비집고 올라오면 감격은 두 배가 되죠. 반면에 어느 날 갑자기 줄기가 홀쭉해지거나 색이 변한 걸 발견하면 가슴이 철렁 내려앉는 아찔함도 두 배입니다. 그럴 땐 변화가 너무 없어 답답하던 때가 그리워지죠. 도통 자라지 않는 것 같지만 잘 키우려는 노력에 보답하지 않는 것은 아닙니다. 다만 조금 더 인내심이 필요할 뿐이지요. 선인장을 좋아한다면 멋진 외모뿐 아니라 이런 성격 역시 맘에 들어 하는 것이라는 생각이 듭니다. 그래서 특별히 선인장이 좋다는 사람을 보면 '시간의 흐름을 소중히 여기는 진득한 사람인가 보다' 하고 제멋대로 추측하곤 합니다.

미국 여행 중에 선인장이 잔뜩 있는 사막에 다녀온 분의 이야기를 들었는데, 야생에서 보는 선인장의 모습은 압도적이라고 합니다. 조무각 역시 야생에서 엄청난 크기로 자라는 선인장입니다. 사진 속 조무각은 집에서 키울 수 있는 작은 크기지만, 야생에서는 4~5미터까지 거뜬하게 자란다고 합니다. 조무각 특유의 오묘한 색을 띤 거대한 선인장 여럿이 모여 있는 모습은 굉장히 인상적일 것 같습니다. 그 때문인지 파워블루선인장power blue cactus이나 회색유령오르간파이프gray ghost organ pipe처럼 어딘지 뮤지컬 제목 같은 영어 이름을 가지고 있지요. 집에서는 오르간 파이프만큼 커지기야 힘들겠지만, 회색 유령이 파이프오르간을 연주하는 모습을 떠올리게 할 정도로 신비로운 색만큼은 충분히 감상할 수 있습니다.

관엽식물의 아름다움

몬스테라 아단소니 *Monstera adansonii*

☀ 🖐 🌡

몬스테라 중에서도 잎이 작은 편에 속하는 몬스테라 아단소니입니다. 한때 오블리쿠아로 알려지기도 했는데, 오블리쿠아는 잎에 뚫린 구멍이 훨씬 커서 이래도 되나 싶을 정도로 너덜거리는 다소 충격적인 모양새를 가지고 있습니다. 세계적으로도 희귀한 식물이라 우리나라에서 만날 확률은 거의 없다고 합니다. 식물계의 유니콘이라는 말도 있는 만큼 직접 보고 싶기는 하지만, 확실한 것은 아단소니가 훨씬 사랑스러운 모양새라는 것입니다. 정글 출신의 열대식물이라 정글처럼 따뜻하고 촉촉하면서도 어른어른한 빛이 들어오는 환경을 만들어 주는 게 좋습니다. 모양은 특이하지만 까다롭지 않고 잘 자라는 편이라 개성 있는 식물을 좋아한다면 맘에 쏙 드실 거예요.

빛　밝은 간접광을 좋아합니다. 직접광이 들지 않는 반쯤 그늘진 곳이나 북쪽으로 난 창가에서 키워 주세요. 남쪽 창가나 베란다에 둔다면 한낮의 빛은 피해야 합니다. 아침과 오후 햇빛은 아주 좋습니다.

물　흙이 촉촉하게 젖어 있는 것을 좋아합니다. 흙이 마른 듯하면 물을 주세요. 하지만 항상 푹 젖어 있어도 위험하니 물이 잘 빠지는 길쭉한 화분이나 공중에 거는 화분에서 키우면 좋아요. 분무기로 가끔 물을 뿌려 주는 것도 추천합니다. 너무 건조하면 잎이 노래져요.

온도　조금 높은 온도를 좋아해서 18~30도가량에서 잘 자랍니다. 하지만 따뜻한 온도를 좋아한다고 겨울철에 더운 바람이 나오는 난방 기구 근처에 놓으면 말라 버릴 수 있습니다. 난방을 할 때는 습도 유지에 신경 써야 합니다.

저처럼 식물이라면 일단 다 좋다는 사람도 있지만 어떤 사람은 식물 중에서도 다육과 선인장을 좋아하고, 어떤 사람은 초록 잎을 나풀거리는 관엽식물을 더 좋아합니다. 친구 하나가 한참 유행하는 마크라메로 만든 주머니에 담아서 걸어 둘 식물을 꽃집에 주문하면서 "다육이랑 선인장은 싫어요"라고 하는 것을 들은 적이 있습니다. 그때서야 다육과 관엽식물이 제법 다르다는 것을 새삼스레 생각하게 되었죠. 손님의 취향을 찰떡같이 파악하는 꽃집 동생은 더 묻지도 않고 노랑과 초록이 섞인 잎이 풍성하게 자라는 스노우사파이어와 자잘한 단추 같은 초록색 잎이 줄기를 따라 촘촘히 달린 버튼고사리를 추천해 주었고, 친구는 단번에 맘에 들어 했습니다.

관엽식물이라는 말은 다육만큼이나 알다가도 모르겠는 단어였습니다. 찾아보니 잎(엽)을 관찰(관)하기 위한 식물이라는 뜻입니다. 꽃보다는 잎의 모양이나 색깔을 감상하기 위해 재배하는 식물을 일컫는다고 해요. 다육이나 선인장처럼 식물 자체의 특징을 바탕으로 한 이름이 아니라 식물을 바라보는 사람의 관점에서 붙여진 이름입니다. 어떤 식물이든 잎을 관찰할 수 있으니 상당히 애매하긴 하지만, 특별히 잎 자체의 아름다움을 즐기게 되는 식물을 말하는 것 같습니다.

요즘 들어 많은 사랑을 받는 관엽식물 중에는 열대식물이 많습니다. 잎을 감상하기 좋은 식물이 모두 열대 출신인 것도 아니고, 모든 열대식물이 잎을 관찰하기 좋은지는 매우 주관적인 문

제이지만 관엽식물 중 아열대나 열대 출신이 압도적으로 많은 것은 사실입니다. 그러니 관엽식물에 관심이 있다면 열대식물의 특성을 알아 놓는 것이 좋습니다.

아열대나 열대 지방의 식물은 대부분 커다란 나무가 우거진 정글에서 자랍니다. 직접 내리쬐는 햇볕보다 큰 나무의 잎 사이로 들어오는 빛에 더 익숙하죠. 그래서 살짝 그늘진 곳, 간접광이나 투과광이 들어오는 곳에서 키우는 것이 좋습니다. 덕분에 앞 건물에 가려 직접광이 많이 안 들어오는 집이나 창가 자리를 얻지 못한 직장인의 책상 위에서도 잘 자랄 수 있습니다. 그렇다고 빛을 안 봐도 되는 것은 아닙니다. 간접광이 충분히 들어오는 곳이 가장 좋지요.

정글 속은 습도가 높기 때문에 이곳 출신의 식물은 대부분 물을 좋아합니다. 그래서 다육이나 선인장보다 훨씬 자주 물을 줘야 합니다. 물이 부족하면 금세 잎이 처지고 시들기 때문에 눈치 채기 쉽지만, 때를 놓치면 안 되니 너무 늦기 전에 변화를 알아채야 합니다. 식물을 자주 관찰할 준비가 된 사람이 키우는 게 좋지요. 자신 없다면 주기를 두고 상태를 확인하는 날을 정하는 것도 하나의 방법입니다. 정해진 날짜에 식물을 관찰한 다음 물을 주는 것이죠. 물론 계절이나 환경에 따라 주기를 바꿔 줘야 해요. 실내에서 키운다면 여름에 냉방을 하거나 겨울에 난방을 할 때 습도가 급격히 낮아지는 것도 주의해야 합니다. 이때는 간간이 잎에 물을 뿌려 주면 좋아요. 잎이 풍성할수록 안쪽에 공기가 통하지 않을 수 있어서 환기도 매우 중요합니다. 이래저래 손이 많이 가지만 변화에 빨리빨리 반응하기 때문에 키우는 재미가 큽니다.

잎의 아름다움만으로 식물의 가치를 매긴다면, 저에게 아단소니는 무조건 합격입니다. 쪼글쪼글한 잎에 몬스테라 식구답게 뿅뿅 뚫린 구멍을 감상하는 것은 아주 즐거운 일입니다. 요 구멍 때문에 몬스테라 식구들을 스위스치즈식물Swiss cheese plant이라고 부르기도 하지만, 아단소니는 아무래도 연근과 더 닮은 것 같습니다. 다른 몬스테라와 마찬가지로 아단소니의 구멍은 빛이 부족한 숲속에서 아래쪽 잎도 빛을 받을 수 있게 하는 역할을 합니다. 역시 스타일과 실용성 모두 놓치지 않는 자연의 지혜이지요.

사진 속 아단소니는 아직 어린 편인데, 시간이 지나면서 잎이 커지고 풍성해지면 줄기가 아래로 휘어지며 자라기 때문에 늘어지는 식물을 좋아하는 사람들도 열광합니다. 한번 적응하면 쑥쑥 자라서 금방 화분 안에 뿌리가 꽉 찬다고 합니다. 잎끝이 갑자기 노래지거나 비실거리면 화분이 좁아진 것일 수 있습니다. 화분을 들어서 밑을 봤을 때 뿌리가 밖으로 삐져나와 있다면 더 넓은 화분으로 분갈이를 해야 한다는 신호입니다. 만약 저 같은 왕초보의 품에서 고맙게도 잘 자라 화분이 터지도록 꽉 찬다면, 저는 즐거운 마음으로 망설임 없이 전문가를 찾도록 하겠습니다. 줄기를 툭 잘라서 다른 데 꽂아도 곧 뿌리를 내리고 자랄 정도로 무난한 성격이라고 하지만, 그래도 저 같은 사람은 조심하는 게 좋겠지요.

어떤 잎이 아름답지 않을까 생각하면 관엽식물이라는 말 자체가 어색하지만, 잎을 관찰하고 감상한다는 의미에서 여유가 느껴져 좋습니다. 어떤 모양의 잎이든 식물의 잎을 그저 바라만 본다는 것은 분명히 멋진 일입니다.

에어 플랜트의 정체

수염틸란드시아 *Tillandsia usneoides*

☀ 🪣 🌡

영어 이름은 스패니시모스Spanish moss로 '스페인 이끼'라는 뜻이지만, 진짜 이끼는 아니에요. 꼬불꼬불한 모양이 꼭 풍성한 파마머리 같은데, 중남미 원주민 역시 '나무의 머리카락'으로 불렀다고 합니다. 잔뜩 모아서 북슬북슬하게 만들어 공중에 매달아 놓는 것이 대세이지만, 이렇게 한 가닥씩 꺼내 보면 아름다운 선을 감상할 수 있습니다. 야생에서는 길이가 5미터까지 자라 장관을 이룬다고 해요.

빛   간접광이 들어오는 반양지가 좋아요.

물   공기 중의 수분을 흡수해서 살기 때문에 습도가 높은 환경에서 키우는 게 좋습니다. 분무기로 자주 물을 뿌려 주고, 실내가 건조하다면 일주일에 한 번 정도 물에 20~30분가량 담가 주세요. 물에서 꺼낸 후에는 잘 말려야 합니다. 너무 오랫동안 마르지 않으면 다음번에는 담가 두는 시간을 줄이거나 물의 양을 줄여 주세요.

온도   평상시에는 25도 이상의 따뜻한 온도가 좋습니다. 다만, 겨울에는 15도 정도로 선선하게 유지하면서 휴면기를 갖게 해 주세요.

틸란드시아 이오난사 *Tillandsia ionantha*

───── ☀ ☂ 🌡 ─────

앙증맞은 틸란드시아 이오난사(이오난타)는 손바닥 위에 올려놓고 자세히 관찰하는 재미가 있습니다. 잎에 있는 하얀 털 같은 것을 사상체 또는 트리콤trichomes이라고 부르는데, 이게 뿌리의 역할을 해서 수분과 영양소를 흡수한다고 합니다. 이오난사는 틸란드시아 중에서 꽃을 가장 잘 피우는 종이기도 합니다. 은은한 초록 잎 사이로 새로 나온 잎이 빨갛게 변하면서 깜짝 놀랄 만큼 정열적인 보라색 꽃이 올라옵니다.

빛   간접광을 많이 받는 게 좋습니다. 한여름의 직사광선을 오래 받으면 얼룩이 생길 수 있으니 조심해야 해요.

물   일주일에 2~3회 정도 분무기로 물을 뿌려 주고, 실내가 건조할 때는 일주일에 한 번 정도 물에 푹 담그면 좋습니다. 20~30분가량 담근 후 꺼내서 통풍시켜 주세요. 너무 오래 담가 놓으면 썩을 수 있어요. 가운데 물이 고여 있지 않게 잘 말려야 합니다.

온도 겨울철 낮에는 10~13도가량의 선선한 기온이 좋고, 밤에는 조금 더 낮은 온도가 좋습니다. 온도가 갑자기 낮아지거나 물기가 있는 상태에서 낮은 온도에 노출되는 것은 위험해요. 평상시에는 보통의 실내 온도면 크게 신경 쓰지 않아도 되지만 너무 더운 곳은 피해 주세요.

　에어 플랜트라는 말은 제가 식물에 관심을 가지기 시작하던 시기에 여기저기에서 주워들은 식물 세계의 멋진 말 중 하나였습니다. 처음에는 행잉 플랜트와 비슷한 말인 줄만 알았지요. 정확히는 몰라도 요즘 유행하는 핫한 아이템인 것은 분명했습니다. 꽃집 동생에게 에어 플랜트를 찍고 싶다고 하자 트렌드에 민감한 동생이 이미 구비해 놓은 다양한 에어 플랜트를 척척 내주었습니다. 세탁소 옷걸이에 크고 작은 에어 플랜트를 주렁주렁 걸고 꽃집 근처 골목에서 사진을 찍으며 에어 플랜트가 왜 사랑받을 수밖에 없는지 실감했죠. 그때 들고 다니던 파란색 옷걸이를 '우리의 뮤

즈'라며 한동안 애지중지했는데, 지금은 행방이 묘연하네요.

에어 플랜트가 행잉 플랜트와 같은 뜻이 아니라는 것은 최근에야 알았습니다. 행잉 플랜트는 공중에 걸어 놓고 키우는 식물 전체를 부르는 말이지만, 에어 플랜트는 틸란드시아속에 속하는 식물을 지칭하는 말이었어요. 틸란드시아는 땅에 뿌리 내리지 않고 공기 중에서 수분과 영양소를 빨아들이며 살아 에어 플랜트라고 불리게 되었지요. 우리나라 말로는 공중 식물이나 공기 식물이라고 부릅니다. 나무나 바위에 붙어사는 착생식물이기도 한 틸란드시아에는 650종 이상의 식물이 포함되어 있습니다.

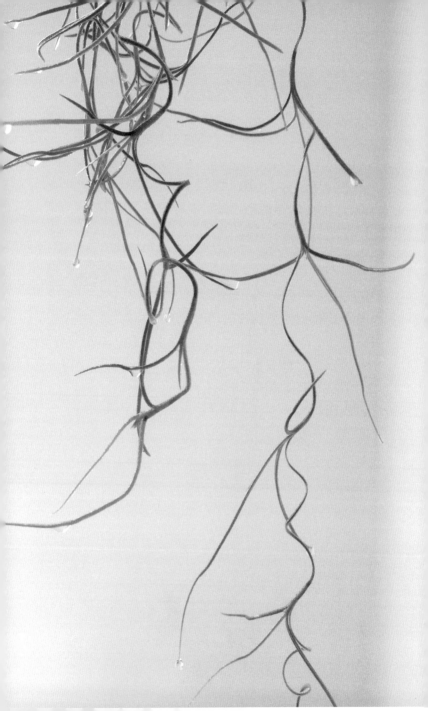

에어 플랜트가 우리나라에 들어온 건 얼마 되지 않았습니다. 원산지인 아메리카 대륙에서도 가정집에서 많이 키우게 된 건 최근 들어서라고 해요. 외모만 신선한 것이 아니라 실내의 먼지도 흡수하고 관리까지 쉽다고 하니 인기를 끌 만한 요소는 모두 갖추었습니다. 저는 비록 죽이기가 더 어렵다는 수염틸란드시아를 이미 하나 떠나보낸 슬픈 비밀이 있지만 성장이 느릴 뿐 일반적인 기준에서는 키우기 쉬운 식물이 맞습니다.

숲속에서 큰 나무와 함께 살던 에어 플랜트는 간접광을 선호합니다. 여름에도 너무 덥지 않게 신경 써야 하죠. 생각날 때마다 물을 뿌려 주고, 주변 습도에 따라 일주일에 한두 번 정도 물에 푹 담갔다 꺼내는 것이 좋습니다. 비를 맞게 해 주는 것도 좋다고 합니다.

수염틸란드시아처럼 잎이 얇은 틸란드시아는 습한 곳에서 자라던 식물이라 물을 자주 줘야 합니다. 저는 그걸 모르고 사진 속 아이를 말려 죽였죠. 혹시 살아 있진 않을까 싶은 마음에 한참을 가지고 있다가 눈물을 머금고 떠나보냈습니다. 살아 있다면 은은한 초록색이고 말라 죽었다면 갈색인데, 살아 있기를 간절히 바라면 갈색이 초록색으로 보이기도 하고 그렇습니다. 전문가라면 단번에 죽었다고 판단을 내리겠지만 저는 최후의 최후까지 살아 있을 것이라는 믿음으로 바라보게 됩니다.

이오난사처럼 잎이 좀 더 두꺼운 틸란드시아는 잎에 수분을 저장하고 있기 때문에 물을 자주 주지 않아도 괜찮습니다. 물을 준

다음에는 잎이 모인 아래쪽에 남은 물이 맺히지 않게 건조하는 것이 중요합니다. 거꾸로 뒤집어서 탈탈 턴 후 마른 천으로 물기를 살살 닦아서 두세 시간 안에 완전히 마를 수 있게 해야 해요.

공중에 달려 있던 틸란드시아를 내려 물속에 집어넣으면 두둥실 물 위로 떠오릅니다. 물을 먹었다고 바로 생기가 돌고 잎이 짱짱해지는 것은 아니지만, 유유히 물 위에 떠 있는 모습을 보면 필요한 수분을 원하는 만큼 먹고 있으리라는 생각에 흐뭇해집니다. 에어 플랜트의 인기는 어쩐지 지나가는 유행에 그치지 않고 오랫동안 많은 식물 애호가의 사랑을 받을 것 같습니다. 다음번에 틸란드시아를 만나게 되면 그때는 정말 잘해 보고 싶습니다.

정말 식물로 공기정화가 될까요?

아레카야자 *Dypsis lutescens*

☀ 🪴 🌡

공기정화 식물계의 엘리트인 아레카야자는 여러모로 참 탐나는 식물입니다. 나비의 날개처럼 양쪽으로 착 펼쳐지며 자라서 나비야자butterfly palm라는 영어 이름도 있어요. 야자류는 대부분 잎이 비슷비슷한데, 그중에서도 어린 아레카야자와 테이블야자는 구분하기 힘듭니다. 둘은 실제로도 가까운 친척인데 아레카야자가 훨씬 크게 자라고 잎도 더 길면서 힘이 있어요. 테이블야자의 잎은 줄기를 기준으로 양쪽으로 어긋나 자라고, 아레카야자는 마주 보며 자란다는 차이도 있습니다. 아레카야자는 줄기에 노란빛이 돌아 영어로는 금빛줄기야자golden cane palm 또는 노란야자yellow palm로도 불리고 학명의 루테센스lutescens도 '노란빛으로 변하다'라는 뜻이 있다고 해요. 마른 잎이나 줄기가 보이면 빨리빨리 잘라 줘야 한답니다.

빛 빛이 많은 것을 좋아하지만, 직사광선은 피해야 합니다.

물 봄에서 가을까지는 겉흙이 마르면 물을 흠뻑 주고, 겨울에는 물 주는 주기를 늘려 주세요. 종종 분무기로 잎에 물을 뿌려도 좋아요. 빛이 충분하지 않은 곳에서 키운다면 주기를 더 늘려 과습에 주의해야 합니다.

온도 따뜻한 온도를 좋아합니다. 겨울에도 10도 이상을 유지해야 하므로 실내에 두는 게 좋아요. 찬 바람을 맞거나 온도가 갑자기 내려가면 잎의 색이 변해요.

깨끗한 공기, 파란 하늘이 이렇게 소중한 줄 예전에는 미처 몰랐죠. 미세먼지가 우리 모두의 골칫거리가 되면서 공기정화 식물은 이 문제를 조금이나마 해결해 줄 마법의 단어로 급부상했습니다. 명실상부 식물계에서 가장 뜨거운 관심의 대상이죠. 공기정화 식물을 계기로 식물에 관심을 가지게 된 분도 많은 것 같습니다. 막연하게나마 식물의 초록색 잎이 공기를 청량하게 만들어 줄 것 같은 느낌은 드는데, 과연 내 곁의 작은 식물이 공기를 깨끗하게 하는 데 얼마나 효과가 있을지는 의심이 생기기도 합니다. 저에게 식물을 공급해 주는 꽃집 동생은 공기정화 얘기에는 시니컬하게 콧방귀를 뀝니다. "코끼리가 비스킷 하나 먹는다고 배가 부를까요?"라면서요. 공기정화 능력이 있더라도 우리가 사는 넓은 공간을 화분 하나로 청정하게 하기에는 역부족이라는 거지요.

우리가 공기정화 식물에 혹하게 되는 이유 중 하나는 종종 "나사가 선정한"이라는 말이 붙기 때문입니다. 나사라면 어쩐지 과학적으로 신뢰가 가니까요. 그런데 나사가 왜 식물 연구를 했을까요? 나사는 1980년대부터 우주선 안에서도 쾌적하게 지낼 수 있는 환경을 만들기 위해 식물을 연구했다고 합니다. 연구를 통해 특정한 식물이 공기 중의 유해 물질을 제거할 수 있다는 것을 알아냈고 이후 세 차례에 걸쳐 식물의 목록을 발표했습니다. 최근에는 화분 속의 흙도 공기정화에 도움이 되는 것으로 밝혀졌습니다. 나사의 보고서에 따르면 대략 9제곱미터(약 3평)당 식물이 한 개씩은 있어야 효과를 볼 수 있다고 합니다.

그러나 나사의 연구는 통제된 환경에서의 실험이기 때문에 변수가 많은 실제 환경에 그 결과를 그대로 적용하기에는 한계가 있습니다. 이 때문에 우리나라의 농촌진흥청에서는 실제 생활 공간에서 식물의 기능을 실험하는 연구를 하며 공기정화 효과에 대한 신뢰도를 높이려는 노력을 하고 있습니다. 거실에 화분 3~5개를 두고 네 시간이 지나자 초미세먼지가 20퍼센트 감소했다는 결과를 발표하기도 했지요. 이처럼 식물이 공기정화 능력을 갖추고 있는 것은 확실하지만, 그 효과를 너무 확대해석하지는 않는 것이 좋겠습니다. 공기정화 효과를 제대로 보려면 생각보다 훨씬 더 크고 많은 식물이 있어야 하니까요. 책상 위에 조막만한 화분을 하나 놓고 넓은 사무실이나 집 전체의 공기가 깨끗해졌으리라 기대하기는 어렵습니다. 나사의 실험이 이상적인 환경에서 이루어진 것을 고려하면 실제로는 3.3제곱미터(약 1평)에 적어도 한 개 이상의 식물을 놓아야 효과가 있다고 보기도 합니다. 또 다른 연구는 우리가 사는 공간의 5~10퍼센트를 식물로 채워야 한다고 하고, 그보다 훨씬 많은 50퍼센트 정도는 채워야 한다는 이야기도 있습니다. 최근에는 35평 면적에 무려 680개의 화분이 있어야 유의미한 효과를 본다는 연구도 있었어요. 물론 식물의 크기와 종류에 따라 필요한 개수는 달라집니다. 잎이 크고 넓거나 잎에 털이 있는 식물은 효과가 더 좋지요. 이쯤 되면 식물이 몇 개 있어야 효과가 있을지를 정하는 것은 무의미해 보입니다. 어찌 됐든 식물은 많을수록 좋다는 것이 저의 결론입니다. 식물은 그 자체로 힐링이니까요.

우리의 기대에 부응하는지와는 상관없이 식물이 스스로 하는 활동은 거의 모두 공기정화와 관련 있습니다. 식물이 이산화탄소를 흡수하고 산소를 배출한다는 것은 이전부터 알고 있던 사실이지요. 식물은 잎의 기공을 통해 공기를 흡수하여 뿌리 쪽으로 내려보내는 한편, 뿌리 근처의 물을 빨아들여 잎으로 보내 산소와 수분을 공기 중으로 배출합니다. 이 과정에서 공기 중의 오염 물질 역시 잎이 흡수하거나 토양에 흡착되어 미생물이 제거할 수 있게 되죠. 이렇게 잎이 하는 일 덕분에 공기가 정화됩니다. 잎이 이런 활동을 하는 이유는 광합성을 하기 위해서입니다. 따라서 식물의 공기정화 작용을 활발하게 하려면 광합성이 잘될 수 있도록 해 줘야 합니다. 빛을 많이 받게 해 주고 뿌리가 공기를 많이 흡수할 수 있도록 통풍도 잘되게 해 주는 것이죠. 잎을 자주 닦는 것도 도움이 됩니다. 결국 공기정화 효과를 최대한 보려면 식물을 건강하게 키워야 한다는 이야기입니다.

식물에 따라 제거할 수 있는 유해 물질의 종류도 다양합니다. 야자류는 포름알데히드를 제거하고, 관음죽과 국화는 암모니아를 흡수해서 화장실에 놓으면 좋다고 해요. 스타티필룸은 벤젠 같은 휘발성 유기화합물을, 알로카시아는 사무기기에서 나오는 화학물질을, 아이비는 가정용품에서 나오는 화학물질을 흡수한다고 합니다. 식물만 있으면 모든 문제가 마법처럼 해결될 것같이 들리지만, 역시나 확실한 효과를 보려면 식물이 아주 많아야 하

는 것은 변함이 없습니다.

제가 촬영한 식물 중에 공기정화에 효과가 좋다는 식물은 얼마나 있나 찾아보았습니다. 제법 많은 공기정화 식물을 찍어 두었지만, 마음속에서는 이미 아레카야자를 대표로 정하고 있었습니다. 공기정화 식물 목록에 빠지지 않고 높은 순위로 뽑히는 식물이거든요. 하지만 놀랍게도 제가 아레카야자라 믿고 찍었던 식물은 사실 테이블야자였습니다. 그러면서 주변에 아레카야자의 이름을 달고 있는 테이블야자가 꽤 많다는 것도 알게 되었죠. 공기정화 효과는 둘째치더라도 쭉쭉 뻗은 줄기와 시원한 잎 모양 때문에 아레카야자 키울 기회를 호시탐탐 노리고 있었는데, 테이블야자를 어린 아레카야자로 착각하고 키우다가 당황할 뻔했습니다. 진짜 아레카야자를 찾아 다시 촬영하며 둘의 다른 매력을 확실히 눈에 새겼지요.

시키는 사람도 없는데 식물이 하는 일을 열심히 찾아 읽다 보니 학창 시절 생물 시간이 생각납니다. 졸음과 싸우느라 식물이 뭘 하는지 따위는 자장가로 들렸을 뿐이었지요. 봄이면 개학하는 게 걱정이지 미세먼지나 황사 걱정은 하지 않던 때입니다. 이럴 줄 알았으면 쉬는 시간마다 엎드려 자지만 말고 밖에 나가서 맑은 공기를 좀 더 마셔 둘 걸 그랬어요.

익숙한 식물의 비밀

실린드리카(스투키) *Sansevieria cylindrica*

스투키는 식물 키우는 것이 두려운 초보의 믿을 만한 친구이자, 식물에 대해 잘 모르는 채 식물을 골라야 하는 처지에 놓인 모든 사람에게 언제나 좋은 선택으로 알려진 식물입니다. 그런데 스투키를 공부하다 놀라운 사실을 알게 되었습니다. 우리가 스투키로 알고 있는 식물 대부분이 실은 산세베리아 실린드리카라는 것입니다. 둘은 거의 똑같이 생겼지만 스투키는 줄기 가운데에 깊은 홈이 파여 있습니다. 스투키의 인기가 높아지면서 외양은 비슷하지만 성장 속도가 더 빠른 실린드리카를 판매하게 되었다는 이야기가 있어요. 실린드리카는 한 뿌리에서 여러 줄기가 부채 모양으로 펼쳐지며 나오는데, 이 줄기를 잘라 스투키처럼 한 줄기씩 꽂아 판매한다고 합니다. 어차피 가까운 친척 사이이고 키우는 법도 비슷해 별일 아니라고 할 수도 있지만, 스투키가 국민 식물의 명성을 누리고 있으니 실린드리카나 스투키 둘 다 억울할지도 모르겠습니다. 지금이라도 제대로 된 이름으로 불러 주는 것이 좋겠지요.

빛   빛이 많이 들어오는 곳에서 잘 자랍니다. 그늘에도 적응을 잘하는 편이지만 빛이 부족하면 성장이 느려져요.

물   흙이 완전히 마를 때까지 기다렸다가 흠뻑 주는 것이 좋습니다. 잎에 물이 닿지 않게 조심해야 해요. 겨울에는 주기를 길게 하거나 단수해야 합니다. 과습에 약해 통풍이 안 되는 곳에서 물을 많이 먹으면 힘을 잃습니다.

온도 따뜻한 온도를 좋아하고 더위도 잘 견딥니다. 하지만 추위에는 약해 온도가 너무 낮으면 물을 많이 주지 않아도 썩을 수 있습니다. 겨울에는 따뜻한 실내에 두어야 해요. 밤에도 10도 이상 되어야 합니다.

예술과 관련된 직업처럼 독창성이 필요한 일을 한다면 내가 정말 원하는 것과 대중적인 것 사이의 균형을 찾기 위해 고민할 때가 많을 겁니다. 마음이 끌리는 대로 작업하고 싶지만, 내가 만든 결과물을 좋아하는 사람이 많았으면 하는 것도 솔직한 심정이니까요. 식물을 선택할 때도 마찬가지입니다. 잘 알려지지 않았어도 취향에 딱 맞는 식물을 고집하고 싶은 마음과 많은 사람이 좋아하는 식물을 선택해 안전하게 키우고 싶은 마음이 공존합니다.

다양한 식물을 다루는 꽃집 동생에게 어떤 식물은 금방 다 팔리고 어떤 식물은 아무도 데려가지 않는다는 이야기를 들으면 늘

호기심이 생깁니다. 제 눈에는 예쁜데 인기가 없는 식물은 물론 누구나 좋아하는 식물도 그 이유가 뭘까 궁금합니다. 저만큼이나 희귀한 식물에 열광하는 꽃집 동생이지만 효자 식물로 꼽은 것은 단연코 스투키, 그러니까 실린드리카였습니다.

국민 다육이라는 별명이 붙은 식물이 아무리 많아도 스투키로 불리는 실린드리카를 빼놓을 수는 없습니다. 이렇게 사랑받는 식물이 잘못된 이름으로 불리고 있다는 현실이 아이러니하지만, 다육뿐만 아니라 반려식물 전부를 통틀어도 그 인기는 압도적입니다. 그럴 수밖에 없는 첫 번째 이유는 당연히 잘 죽지 않기 때문입니다. 식물에 관심 없는 사람의 집이나 사무실에서도 쉽게 목격되는 것을 보면 선물로 보내졌을 확률이 크다는 뜻입니다. 흔히 식물을 선물할 때 가장 많이 고려하는 조건은 키우기 쉽고 잘 죽지 않아야 한다는 것입니다. 관리가 까다롭거나 며칠 지나지 않아 죽어 버리는 식물을 선물하면 괜히 골칫거리를 안겨 준 것이 되니까요. 생명력 강한 식물도 최소한의 관심과 정성은 필요하지만, 얼마큼의 사랑을 받을 수 있을지 모르는 곳으로 떠나보내기에는 탄탄한 실린드리카가 그나마 믿음직스럽습니다. 같은 이유로 식물 초보가 큰맘 먹고 선택하기에도 그만이지요.

복잡할 것 없이 쭉쭉 뻗은 간결한 선은 인테리어계를 휩쓴 북유럽풍이니 미니멀리즘이니 하는 분위기와도 안성맞춤입니다. 우리나라에 비교적 최근에 소개되기도 했지만 지나치게 단순한 모양 때문인지 실린드리카가 지금처럼 슈퍼스타가 된 것은 생각

보다 오래되지 않았습니다. 오래전부터 집 안에 정글을 가꾸어 온 어머니들의 컬렉션에 포함된 경우가 많지 않고, 있더라도 최근에 합류했을 가능성이 높지요. 보통 화려한 색의 꽃과 풍성한 잎을 좋아하는 어머니들의 취향에는 줄기도 잎도 아닌 것이 삐죽하기만 한 모양새가 마음을 빼앗기에 부족했을지 모릅니다. 미니멀리즘이란 게 유행하지 않았다면 지금 같은 유명세를 얻기는 힘들었을 수도 있습니다.

그렇다고 실린드리카가 마냥 따분한 것은 아닙니다. 가만 보면 청량한 초록색과 뚜렷한 무늬가 눈길을 사로잡습니다. 특히 저 같은 줄무늬 마니아라면 거부하기 힘들죠. 더구나 요즘 들어 반려식물계에서 더욱 중요하게 여겨지는 공기정화 능력도 높은 것으로 알려져 있습니다. 알고 보면 식물을 좋아하는 사람은 물론 식물을 잘 모르는 사람도 좋아할 만한 요소를 두루 갖추었으니 과연 국민 다육, 국민 식물의 타이틀을 차지할 만하지요.

국민 식물인 만큼 흔하디흔하고 다소 무심한 관리를 좋아하는 무난한 성격 탓에 어딘가에 조형물처럼 방치된 실린드리카를 만난다면 가까이 다가가 자세히 들여다보길 추천합니다. 익숙하다는 편견을 내려놓고 시간을 들여 찬찬히 관찰하다 보면 분명 '아, 이렇게 예뻤어?' 하는 순간이 찾아옵니다. 아니라면 아직 편견을 내려놓지 못한 것입니다. 작고 익숙한 것의 소중함이 새삼 사무치는 날 다시 시도해 봅시다. 이름은 비록 우리를 속일지라도 국민 식물의 진짜 매력은 늘 그 자리에 있으니까요.

낯선 식물의 매력

베고니아 베노사 *Begonia venosa*

─── ☀ ☞ 🌡 ───

독특한 잎 모양, 하얀 꽃, 전체적인 수형 등 어느 것 하나 눈을 뗄 수 없는 베고니아 베노사입니다. 우리나라 유통명은 멕시코베고니아라고 합니다. 브라질 출신인데 왜 멕시코라는 이름이 붙었는지는 알 수 없는 노릇이지요. 잎이 매우 두꺼워서 다육식물처럼 키우면 됩니다. 다만, 사진을 찍기 위해 여기저기 들고 다니면서 보니까 꽃잎도 잎사귀도 잘 떨어져요. 잎이 많은 식물이 아니라 무척 속상했습니다. 옮길 때는 특히 조심조심하세요.

빛 반양지에 두는 게 좋습니다. 완전한 남향보다는 동향이나 서향 창가에 놓아두세요. 가끔, 특히 겨울에는 직사광선에 잠깐 내놓아도 좋아요.

물 흙이 마른 듯하면 물을 줍니다. 물을 줄 때는 화분 밑으로 새어 나올 때까지 콸콸 주세요. 하지만 계속 물에 잠겨 있을 정도로 많이 주면 안 돼요. 충분히 주되 물이 잘 빠지게 해야 합니다.

온도 정열적인 브라질 출신이라 따뜻한 것을 좋아해요. 겨울에도 15도 이상을 유지해 주세요. 온도가 갑자기 변하면 잎이 정열적으로 후드득 떨어져 버린다고 해요.

식물을 여럿 죽여 본 경험이 있으면 외양만 보고 흔쾌히 식물을 고르기가 힘듭니다. 아름다운 모양을 즐기는 것은 잠시고 생명을 떠나보낸 슬픔은 오래가니까요. 그래서 많은 사람이 식물을 고를 때 '키우기 어렵나요?'부터 물어보고 쉽지 않다는 대답을 들으면 포기하기도 합니다. 잘 안 죽는다고 알려진 무난한 모양새의 튼튼한 식물이 인기를 끄는 건 어쩌면 당연한 일이지요. 초보라면 키우기 쉬운 식물부터 시작해서 어느 정도 자신감이 붙은 후에 특이한 식물에 도전하는 것이 안전합니다. 특이한 식물은 그만큼 까다롭기도 하고 잘 알려지지 않은 이유로 갑자기 상태가

안 좋아질 수도 있으니까요.

그런데 저는 킬러급 식물 초보임에도 불구하고 독특한 식물을 좋아합니다. 신기하게 생긴 식물을 보고 열광하면 꽃집 동생이 그런 건 아무도 안 좋아한다며 한숨을 푹 쉬는데, 그게 안타까우면서도 작은 희열이 느껴지기도 합니다. 잘 알려지지 않은 새로운 식물을 알게 되었다는 기쁨 때문입니다. 처음 듣는 음악을 친구들에게 들려줄 때의 뿌듯함과 비슷하지요. 음악도 사진도 대중적인 것뿐만 아니라 소수의 취향에 맞는 것도 계속해서 생산되고 소개되어야 한다고 믿는 저는 식물도 그랬으면 합니다. 남들과는 다른 나만의 취향이 소중하고, 무엇이든 하나라도 독특한 걸 추구한다면 식물도 그런 걸 키워 보라고 추천하고 싶습니다. 반대로 뭐든지 무난한 게 좋다면 식물에서만큼은 숨겨 왔던 개성을 드러내 보라고 바람을 넣고 싶습니다. 사람은 누구나 마음 한구석에 감추고 있는 의외의 면이 있기 마련이니까요.

사진 속 식물은 저는 물론이고 꽃집 동생도 처음 보는 생김새를 가지고 있었습니다. 꽃집에 들어서자마자 한껏 자랑스러워하며 보여 줬죠. 저 역시 첫눈에 반한 건 당연한 일이었습니다. 털이 수북한 굵은 줄기에 달린 두꺼운 잎과 꼬불거리며 길게 올라온 꽃대의 모양이 외부 세계와 교신 중인 외계 생물체처럼 보이는 와중에 한창 핀 꽃이 주렁주렁 달린 자태는 우아하기 그지없어 그 조화가 몹시 미묘했죠. 혹시 우리와 비슷한 취향의 손님이 온다면 당장 데려갈 수도 있겠다 싶어 얼른 꽃집 근처 골목에서 홍분을 가라앉히며 사진을 찍었습니다.

독특한 모양이지만 의외로 식물 초보도 한 번은 들어 봤음 직한 베고니아속 식구입니다. 식물계의 미다스인 외할머니가 베고니아를 많이 키워서 저에게는 특히 익숙한 이름입니다. 그러고 보니 꽃 모양이 할머니 집에서 보던 것과 똑같습니다. 다만 할머니의 꽃은 전부 빨간색이었지요.

베고니아 베노사는 무엇보다 잎이 매혹적입니다. 특히 사진 속 맨 위의 잎은 반찬 그릇처럼 가운데는 오목하고 끝은 안쪽으로 동그랗게 말려 있어 이따금 떨어지는 꽃잎이 소복하게 담기는데, 그 모습이 감성 촉촉한 애니메이션의 한 장면처럼 더없이 청초했습니다. 가죽처럼 두꺼운 잎은 채도가 낮고 중후한 느낌의 묵직한 초록색입니다. 흰 털이 복슬복슬하게 덮고 있어 더욱 근사한 색을 냅니다. 이 털 덕분에 강한 빛에도 잘 견딘다고 해요. 새 잎이 나오는 모양도 재밌습니다. 작은 잎이 조금씩 자라는 게 아니고, 병아리가 알껍데기를 깨고 나오듯이 쪼글쪼글 꾸겨진 잎이 나와 시간이 지나면서 주름이 차라락 펴집니다. 양파 껍질처럼 벗겨지며 자라는 줄기 끝에 오글오글 모여서 피는 흰 꽃도 빼놓을 수 없습니다. 베고니아는 환경만 잘 맞으면 1년 내내 꽃을 피웁니다. 그래서 외할머니와 엄마도 좋아하셨죠. 향기도 아주 좋아서 나비와 벌이 엄청나게 모여든다고 해요.

우리나라에서 많이 키우는 식물이 아니라 정보를 얻기 위해 해외 자료를 찾아봐야 했는데, 어떤 자료에서는 물을 충분히 주

는 게 좋다고 하고 어떤 자료에서는 다른 베고니아와 달리 건조한 것을 좋아한다고 해서 당황스러웠습니다. 여러 글을 읽어 본 결과 원산지인 브라질의 고원지대가 건조한 곳이라서 건조하게 키워야 한다고 알려진 것 같아요. 자연에서 자랄 때는 흙과 공기 중의 습기를 빨아들일 수 있어 건조한 환경에도 적응하지만, 화분에 심어져 실내에 살게 되면 빨아들일 습기가 부족해 자연에서보다 물이 더 필요해져서 의견이 갈리는 것이 아닐까 싶습니다. 그러다 보니 위에서 물을 뿌리기보다는 아래에서 빨아들일 수 있도록 저면관수 하는 것을 더 추천하기도 합니다. 어찌 됐든 습한 곳

에서 사는 식물이 아니니까 물을 자주 줄 필요는 없습니다. 다육
식물 키우듯 한번 줄 때 충분히 주고 잘 빠지게 하면 됩니다. 무
심한 듯 슬쩍 챙겨 주는 연애 고수의 마음을 장착해야 하는, 그
런 식물입니다.

특별한 식물답게 키우는 사람의 실력을 요하는 특이 사항은 가
지치기를 자주 하는 게 좋다는 것입니다. 너무 막 자란다 싶으면
새로 나온 가지의 끝부분을 잘라 주면 된다고 해요. 그러면 줄기
만 길어지는 것을 막고 잎은 더 풍성히 자라게 할 수 있답니다. 저
도 가지치기를 척척 해내는 수준이 되어 자신 있게 찰캉찰캉 가위
질을 해 보고 싶지만, 아직은 제가 범접하기 어려운 영역입니다.

독특한 것과 평범한 것은 조화를 이룰 때가 가장 좋은 것 같습
니다. 평범한 일상이 계속되면 일탈을 꿈꾸게 되고, 독특한 일만
일어나면 이내 지쳐서 잔잔한 평범함이 그리워집니다. 저의 심장
을 두근거리게 한 베고니아 베노사도 처음 보는 사람에게나 독특
하지 원산지에서는 특별할 게 없겠죠. 식물에 관심이 없는 사람
에게는 또 하나의 초록색 식물일 뿐일 테고요. 어찌 보면 독특함
과 평범함은 저마다의 기준에 맞춰 마음대로 그어 놓은 아주 불
분명한 선에 불과한 것 같습니다. 요즘은 가장 평범한 것이 특별
하게 느껴지고, 특별하다고 느꼈던 것의 평범한 모습을 발견할
때 더 감격하곤 합니다. 평범하게만 느꼈던 식물의 특별함을 날
마다 발견하면서 일어난 변화인 듯합니다.

식물을 바라보는 인간의 고민

백신환 철화·삼각주 접목 선인장

Mammillaria geminispina var. *nobilis* f. *cristata, Hylocereus trigonus*

철화가 일어난 백신환과 삼각주를 접목한 선인장입니다. 백신환이 아니라 소정으로 보기도 해요. 철화는 식물의 생장점에 유전적이거나 환경적인 요인으로 돌연변이가 나타나 옆으로 확장되면서 띠 모양이나 부채모양을 만들며 비정상적으로 자라게 된 것을 말합니다. 덕분에 이게 정말 선인장인가 싶은 기묘한 모양을 만날 수 있죠. 접목은 아래에서 기둥 역할을 할 선인장의 위쪽과 위에 붙일 선인장의 아래쪽을 잘라 서로 맞닿게 하여 두 선인장을 한 몸으로 만드는 기술입니다. 원래는 뿌리가 약하거나 환경에 적응하지 못한 선인장의 생명을 늘리기 위해 시도된 기술인데, 지금은 독특한 모양 덕분에 유행되어 여러 선인장에 적용하고 있습니다. 접목 선인장은 아래쪽 선인장의 특성에 따라 키우면 되지만, 아래쪽 선인장은 더는 성장할 수 없어 전체 수명이 짧아지게 됩니다. 사진 속 선인장은 얼굴이 되어 줄 백신환을 고르는 안목과 둘의 생명을 홀로 책임질 수 있는 튼튼한 삼각주를 찾아 안전하게 접목하는 기술이 더해져 탄생했습니다.

빛   가끔 직사광선 아래 두면 튼튼해지는 데 도움이 되지만 뜨거운 여름에는 반양지에 놓아두는 게 좋습니다.

물   성장기인 봄여름에는 물을 충분히 주되 물을 한번 주고 난 후에는 흙이 완전히 마를 때까지 기다려야 합니다. 과습에 매우 약해서 흙이 오래 젖어 있지 않게 항상 신경 써야 해요. 겨울에는 물을 거의 주지 않아도 괜찮습니다.

온도   추위도 어느 정도 견디는 것으로 알려졌지만, 따뜻하게 10도 이상에서 키우는 것이 좋습니다.

　저의 기억 속에 처음으로 산 식물은 자그마한 콩분에 담긴 미니 선인장이었습니다. 꽃처럼 빨갛고 동그란 머리가 달려 있었지요. 고등학생 시절, 학교에서 돌아오는 길에 충동적으로 사서 나를 위한 첫 식물이라는 생각에 애지중지했습니다. 모든 것에 감정이 충만했던 때라 당시 좋아하던 남학생의 이름을 따서 선인장의 이름을 붙여 주고 내심 흐뭇해했었지요. 하지만 선인장에게 지나친 애정은 금물이라는 것을 전혀 몰랐기에 욕조 한구석에 놓고 물을 들이부으며 키웠고, 당연히 얼마 지나지 않아 선인장은 흐물흐물해져 버렸습니다. 설상가상으로 이름의 주인공이던 남학생마저 바다 건너 나라로 훌쩍 이민을 가 버렸고, 이 모든 것이 합쳐져 죽은 선인장을 보며 무척 가슴 아파했던 것 같습니다.

　지금에서야 알게 된 그 선인장의 정체는 비모란 접목 선인장이었습니다. 삼각주선인장 위에 빨간색 비모란을 접목한 것으로, 우리나라에서 생산하는 접목 선인장의 대표 주자입니다. 일본에서 처음 개발된 접목 기술은 우리나라에서 더 발전하여 지금은 국내에서 훨씬 많은 양의 다채롭고 멋진 형태의 접목 선인장이 생산되고 있습니다. 비모란선인장은 전 세계 유통량의 70퍼센트 이상이 우리나라에서 수출한 것일 정도랍니다. 알록달록한 비모란은 엽록소가 없어 광합성을 못 하기 때문에 다른 식물에 의지해 살아야 합니다. 그래서 삼각주선인장에 접목하게 된 거죠. 아래쪽 선인장이 위에 붙일 선인장보다 강해야 접목 후에도 살 수 있어 주로 원기둥 모양의 튼실한 선인장인 세레우스(체레우스, 케레우스)속, 에키노칵투스속, 에스포스토아속 선인장을 몸통으로 많이 사용한답니다.

　제 첫 식물의 정체를 알기 전, 접목 선인장에 대한 호기심을 불러일으킨 건 밍크 선인장이었습니다. 콩분에 담긴 미니 선인장과는 비교도 안 되게 큰 기둥 선인장 위에 구불구불한 털 뭉치를 얹은 듯한 모습으로 등장과 함께 원예계를 휩쓴 화제의 식물이죠. 아래 선인장은 보통 귀면각이고, 말 그대로 밍크처럼 부드러워 보이는 가시로 뒤덮인 털 뭉치는 백신환 또는 소정, 백섬 또는 백망룡 선인장의 철화입니다. 밍크 선인장은 정식 명칭이 아니라서, 비슷한 모양의 접목 선인장은 모두 밍크 선인장으로 불립니다.

접목 선인장이나 철화 선인장의 신비로운 모습은 늘 감탄을 불러일으킵니다. 어느 것 하나 똑같지 않은 모양에 눈을 떼기 힘들지만, 가끔은 사람들이 좋아하는 모습으로 만들기 위해 이런 일을 하는 게 과연 괜찮은 걸까 하는 의문이 듭니다. 선인장 두 개를 잘라야 하는 접목은 말할 것도 없고, 철화 역시 약품을 사용해 억지로 돌연변이를 일으키는 경우가 있다는 이야기를 듣고 나서는 마음이 편하지 않습니다. 하지만 이런 고민을 할 거라면 애초에 자연 속에서 살아야 하는 식물을 작은 화분에 심을 때부터 시작했어야 하는 게 아닐까 싶기도 합니다. 많은 플로리스트와 식물학자가 인간이 자연에게 하는 일에 대해 고민하는 글을 읽으며 저 역시 생각이 깊어집니다.

사진 속 선인장도 밍크 선인장처럼 철화와 접목 기술이 모두 동원된 식물입니다. 철화가 일어난 백신환선인장과 삼각주선인장이 절묘하게 접목되었죠. 백신환선인장은 독특하게도 동그랗게 모양이 변했습니다. 이 모든 일은 아무리 좋은 기술력이 있어도 생명을 가진 식물의 힘을 빌리지 않고서는 일어날 수 없습니다. 딱 맘에 드는 철화나 접목 선인장을 만나려면 행운도 따라야 하지요. 어떻게 보면 인간과 자연이 힘을 합쳐 만든 결과이기도 합니다. 접목과 철화로 특별한 모양을 갖게 된 식물을 보면 원하는 형태를 만들기 위해 온갖 기술을 동원하는 인간으로서의 미안함과 그런 자극에도 적응해 강한 생명을 이어 가는 식물에 대한 경이감이 동시에 듭니다.

식물이 머무는 곳

제나두 *Philodendron xanadu*

—— ☀ ⛅ 🌡 ——

필로덴드론은 450개가 넘는 다양한 종을 가지고 있는 꽤 큰 식물 속입니다. 그중 긴 줄기 끝 나풀나풀한 잎 모양이 인상적인 셀로움과 제나두(또는 크사나두)가 우리에게 친숙한 종이에요. 제나두는 셀로움의 변종 혹은 교배종으로 알려졌다가 최근 다른 종임이 밝혀졌습니다. '세렘' '셀렘' '셀룸' '원종셀렘' 등으로 불리기도 하는 셀로움은 최근 학명이 필로덴드론 비핀나피티덤*P. bipinnafitidum*으로 정해졌고요. 복잡한 관계만큼 둘을 구분하기도 쉽지 않습니다. 어렸을 때는 둘 다 두리뭉실한 모양인데, 나이가 들면서 잎이 깊게 파이며 구분 가능한 특징이 나타납니다. 셀로움이 더 크게 자라고 잎 가장자리가 울퉁불퉁하다면, 제나두는 잎끝이 매끈해요. 사진 속 식물은 제나두로 추측해 봅니다. 호프셀로움이라는 종도 있는데, 셀로움의 교배종으로 키가 좀 더 작고 잎사귀의 가장자리가 더 자잘하게 파여 있어요.

빛   그늘에서도 견디는 편이지만, 빛이 잘 들어오면 더 좋습니다. 밝은
     그늘에 두는 게 제일 좋아요. 한여름의 직사광선은 피하세요. 그늘
     에 둘 때는 통풍이 잘돼야 합니다.
물   겉흙이 마르면 물을 충분히 주세요. 잎이 처지는 느낌이 들 때 주면
     됩니다. 공중 습도가 높은 것을 좋아하니 건조하다 싶으면 잎에 자
     주 물을 뿌려 주세요. 뿌리가 젖어 있는 것은 좋지 않아요. 과습에
     약하기 때문에 통풍을 잘해야 합니다. 겨울에는 물을 줄여 주세요.
온도 따뜻한 온도를 좋아합니다. 건강할 때는 추위도 어느 정도 견디지
     만, 겨울에도 15도 이상에서 키워 주세요.

저는 집에 있는 대부분의 시간을 제 방에서 보냅니다. 이사를 오면서부터 신중하게 계획해서 되도록 방 밖으로 나가지 않고도 웬만한 일을 다 해결할 수 있도록 필요한 모든 것을 방 안에 끌어들였지요. 덕분에 제 방은 수많은 물건으로 꽉 들어찬 복잡한 곳이었는데, 얼마 전 방에서 꽤 넓은 면적을 차지했던 거대한 프린터를 처분했습니다. 여유 공간이 생기면 방을 어떻게 바꿀까 온갖 상상을 펼치던 저에게 프린터가 나가던 날은 축제일과 같았죠. 제 게으름의 가장 큰 이유를 프린터로 옹색해진 작업 공간이라고 확신하고 있었기 때문입니다. 저는 오랫동안 동서남북의 방향과 창문의 크기, 시간에 따른 일조량의 변화, TV와 침대의 위치, 책상의 길이와 의자의 높이 등을 고려하여 과연 어디에 자리를 잡아야 좀 더 바지런하게 일을 할 수 있을 것인가 고심했습니다. 하지만 일하는 자리의 위치는 생계유지를 좌우하는 너무나 중요한 문제이기에 제 방은 몇 달째 프린터가 나가던 날의 모습 그대로입니다.

식물을 배치하는 문제도 이보다 더하면 더했지, 결코 덜 중요하지 않습니다. 전문가들이 식물을 들여올 때 가장 먼저 고려해야 할 점으로 꼽는 것은 의외로 내가 어떤 곳에서 살고 있는지 파악하는 일입니다. 마음에 드는 식물을 찾고 그 식물이 어떤 성격을 가졌는지 공부하기에 앞서, 내가 식물을 키우게 될 환경이 어떤지 알아 두는 일이 중요하다는 것입니다. 식물 고수는 어느 위치에 어떤 빛이 얼마 동안 들어오는지, 시간대와 계절에 따라 온

도와 습도는 어떻게 변하는지 등을 세심하게 따져 가장 이상적인 장소를 결정합니다. 베란다도 시간대별로 온도와 빛의 양이 달라지는 것을 파악하여 창 쪽과 안쪽을 나눕니다. 거실에는 빛이 몇 시간 들어오는지, 화장실의 습도는 어느 정도인지, 창문과 현관 앞의 온도는 얼마나 낮아지는지 등 집 안 구석구석의 특징을 파악합니다. 그러고 나서 식물의 종류뿐 아니라 키와 형태까지 고려하여 최적의 장소에 배치하지요.

초보도 그렇게까지 해야 하나 싶지만, 초보일수록 식물의 상태에 따른 적절한 대응이 힘들므로 처음부터 최적의 공간을 찾아 주는 일이 절실합니다. 식물은 자기에게 맞는 공간을 찾아 돌아다닐 수 없기 때문에 가장 적응하기 좋은 공간에 자리 잡아야 건강하게 살 확률이 높아집니다. 물도 계절에 따라 주는 시간과 양을 달리하듯 계절과 시간대에 따라 더 알맞은 곳으로 식물을 옮겨 주는 정성이 있어야 식물 고수의 길로 갈 수 있죠. 식물이 잘 자라는 것은 식물과 키우는 사람만의 문제가 아닌, 식물의 모든 시간과 공간의 문제이기 때문입니다. 식물의 성격과 더불어 식물이 사는 공간을 꼼꼼히 이해하면 때에 따라 유연하게 적절한 장소를 제공할 수 있습니다. 물론 급격한 온도 및 일조량의 변화는 위험하므로 야외와 방 안처럼 환경이 크게 다른 장소 간의 갑작스러운 이동은 주의해야 합니다.

식물을 가져오면 일단 빛이 잘 들어오는 곳이나 보기 좋은 곳에 놓아두면 그만이라고 생각하고 도대체 왜 잘 자라지 않는지

불만스러워하기만 했던 저는 이런 고수들의 치밀함을 알고 부끄러워졌습니다. TV를 보다가 잠들기에 그만인 장소로 방을 꾸며 놓고선 애꿎은 책상의 위치를 게으름의 원인으로 삼던 심보와 크게 다르지 않지요.

사진 속 제나두는 저절로 '아, 저걸 어디에 두면 좋을까?' 고민하게 만듭니다. 이렇게 낭창낭창한 줄기 끝에 잎 하나씩을 달고 있는 늘씬한 식물은 어떤 공간에 자리 잡느냐에 따라 조형미를 더 뽐낼 수 있게 되기도 하고 배경에 묻혀 잘 보이지도 않는 비실비실한 식물 취급을 받게 되기도 하니까요. 존재감을 충분히 드러낼 수 있는 공간에 놓이면 그곳의 분위기를 단번에 바꿔 줄 수 있습니다. 이런 식물을 데려오면 덕분에 미뤄 둔 집 안 정리를 할 수 있게 된다는, 단점 같은 장점도 있지요.

식물의 배치는 어떤 공간에서 식물이 가장 건강할 수 있을지와 함께 어디에 두면 장점을 돋보이게 할 수 있을지도 고민해야 하는 고난도의 문제입니다. 미뤄 둔 방 정리와 더불어 한군데에 와글와글 모여 각자의 빛을 발하지 못하고 있는 저의 식물들에게 딱 좋은 자리를 찾아 주는 것도 곧 해결해야 할 숙원 사업임을 다시금 절감합니다.

3장 식물이 있는 시간

누구에게나 있는 식물 이야기
아가베 아테누아타 *Agave attenuata*

☀ 🪣 🌡

아가베 중에 제일 유명한 것은 아마도 용설란으로 알려진 아가베 아메리카나 *A. americana*일 거예요. 100년에 한 번 꽃이 핀다고 해서 백년식물century plant로도 불리지만 실제 수명은 10~30년입니다. 보통 열 살이 넘으면서 꽃 피우는 게 가능해지는데, 딱 한 번 꽃이 피고 나면 죽는다고 해요. 사진 속 아가베는 그보다는 크기가 작은 아가베 아테누아타입니다. 아가베속 식물을 용설란이라고 부르는데, 아가베 아테누아타는 여우꼬리용설란으로 국명이 정해졌습니다. 다른 아가베와 달리 가시가 없고 꽃처럼 소담하게 펼쳐지는 부드러운 잎 모양이 우아해요. 특히 새잎이 가운데에서 뾰족하게 나오는 모습이 인상적입니다. 엄청나게 길게 자라는 꽃대의 모습이 특이해서 여우꼬리foxtail, 사자꼬리lion's tail, 백조의 목swan's neck 같은 별명을 얻었죠. 하지만 역시 10년 이상 키워야 꽃을 볼 수 있어요. 아래쪽 잎이 누렇게 변하면서 마르면 자연스러운 일이니 억지로 떼지 말고 그냥 시들게 둬야 줄기가 튼튼해진답니다.

빛   빛을 많이 받을 수 있는 창가나 베란다에 놓아두세요. 여름 한낮을 제외하고는 가능하면 야외에 두어도 좋습니다. 아가베 중에서는 여름철의 강한 햇빛에 약한 편이에요.

물   속흙이 마르고 잎이 처지는 듯해 보이면 물을 흠뻑 주세요. 기온이 내려가거나 습할 때는 물을 줄여 건조하게 키워야 합니다. 과습에 약하기 때문에 물을 주고 난 후에는 잘 빠지게 해야 해요. 통풍이 중요합니다.

온도   보통의 실내 온도에서 잘 자라요. 겨울철에는 건조하게 유지한다면 5도 정도까지 견딜 수 있다고 하지만, 베란다보다는 실내로 들이는 게 좋습니다.

글 쓰는 일에 큰 공포를 느끼는 제가 이렇게 어찌어찌 글을 쓸 수 있게 된 데 가장 큰 도움을 준 친구가 있습니다. 시도 쓰고 소설도 쓰고, 수영도 잘하고 술 먹고 욕도 잘하는 친구입니다. 그친구는 제가 시작한 글을 어떻게든 끝낼 수 있도록 응원해 주고, 말라붙은 저의 영감을 깨우기 위해 식물과 관련된 자신의 이야기도 해 주었습니다. 있는 줄도 몰랐던 식물 이야기가 터진 이야기보따리처럼 친구에게서 술술 쏟아져 나와 쓰라는 글은 안 쓰고 수다에 매진했죠. 친구와 나눈 이야기는 단순히 식물의 아름다움과 다양함에 매료된 감정을 넘어 더 깊은 무언가를 전해 주

는 듯했습니다. 그리고 글을 잘 쓰려면 그저 참신한 글거리를 찾아 매끈한 문장으로 만들려고만 할 것이 아니라, 살면서 일어나는 일을 예민하게 관찰하고 그것이 마음속에서 흩어지지 않고 잘 내려앉아 어떤 의미로 자리 잡을 수 있도록 붙들어 두는 습관을 가져야 한다는 것도 느끼게 해 주었죠.

친구와 이야기하다 보니 의식을 못 해서 그렇지 누구나 의외로 가까운 곳에 식물을 두고 살고 있다는 것을 알게 되었습니다. 식물을 좋아하는 사람은 물론이고 식물에 전혀 관심이 없는 사람도 그렇습니다. 시골에서는 단 하루도 살 수 없다는 뼛속까지 도

시 사람인 한 친구도 신혼집을 구경시켜 주면서 선물 받은 해피
트리에게 이름을 붙여 주었다고 자랑했고, 생물보다는 오래된 찻
잔에 훨씬 관심이 많은 또 다른 친구도 온도가 갑자기 떨어지면
베란다에 있는 다육 걱정부터 합니다. 애 둘을 키우느라 영혼이
탈탈 털린 육아 여왕 친구는 주방 창문 앞에 스노우사파이어를
걸어 두고, 함께 들여왔지만 먼저 떠난 버튼고사리의 죽음을 애
도하고 있지요. 유학 시절, 주말이면 시내 클럽에 가기 위해 논문
을 내려놓고 아이라인을 그리던 친구도 화장실에 있던 제라늄에
물 주는 일은 잊지 않았습니다. 선물 받은 식물을 사무실 책상
위에 올려놓고 한 달에 한 번 물 주는 것을 까먹지 않으려고 '월
급이'라고 이름 지었다는 친구도 있습니다. 모두 딱히 식물에 큰
관심이 있는 사람들은 아닌데, 가만히 들여다보면 너무나 자연스
럽게 식물과 함께 살고 있습니다.

오랫동안 식물에 관심이 없던 저도 마찬가지입니다. 식물에 관
심이 생기고 나서 보니 세상은 식물로 가득했습니다. 엄마의 집
에는 엄청나게 큰 파키라가 하나 있습니다. 가장 높은 곳의 잎
이 천장에 닿을 만큼 키가 크고 탄탄한 나무지요. 지금 사는 집
의 전의 전, 그리고 아마도 한 번 더 전 집으로 이사할 때쯤 엄마
가 친구들에게 받은 선물이었다고 합니다. 친구들이 돈을 모아
사 주는 선물로 엄마는 이 파키라를 고른 것입니다. 예전의 저로
서는 절대 이해할 수 없는 선택이죠. 그 후로 이사를 몇 번 더 다
니면서도 파키라는 우리 가족과 함께였습니다. 우리 집의 역사를

함께한 식물이란 생각에 잎을 쓰다듬으면서 괜히 뭉클해지기도 합니다. 식물에 관심이 생기기 전에는 이름을 알아볼 생각조차 못 했지만, 지나온 시간 속 장면들에는 늘 이 파키라가 거실이나 베란다 구석에 서 있었겠지요. 오빠와 제가 자라서 집을 떠나고, 단둘이 된 부모님이 작은 집으로 이사를 하고, 또 도시를 떠나는 모든 과정을 같이했으니 식구라 해도 무리가 없습니다.

엄마의 화단에는 외할머니 집에서 가져온 식물도 있습니다. 외할아버지가 돌아가신 후 얼마 지나지 않아 돌아가신 외할머니의 집을 정리하면서 엄마는 수많은 물건을 버렸지만, 식물은 차마 버릴 수 없었던 몇 가지 중 하나였지요. 세월이 제법 흘렀지만, 그 식물들은 엄마 집 화단에서 여전히 잘 자라고 있습니다. '내가 만지는 이 식물을 할머니도 만졌겠지' 하면서 식물을 바라봅니다. 제가 기억하는 식물의 모습이 외할머니 집에서의 기억인지 엄마 집에서 본 것인지는 가물가물합니다.

식물과는 정말 관련 없는 삶을 살고 있다고 확신하는 사람이라도 혹시 기억 속에 자리 잡은 식물이 있지 않은지 한번 찾아보기 바랍니다. 아가베처럼 오래 사는 식물이 아니더라도 식물은 늘 우리의 역사 속에서 함께해 왔습니다. 오늘 밤이 아니면 내일 밤에라도 이불을 덮고 누우면 살살 생각나는 식물이 분명 있을 겁니다. 어렸을 때 가지고 놀던 강아지풀이든 졸업식 때 받은 꽃다발이든 마음속에 소리 없이 살고 있던 식물이 생각날 겁니다. 누구에게나 식물 이야기는 있으니까요.

사과는 늦기 전에

산세베리아 *Sansevieria trifasciata* 'Laurentii'

—— ☀ ☕ 🌡 ——

우리가 산세베리아 또는 산세비에리아라고 부르는 식물은 보통 산세베리아 트리파시아타를 의미합니다. 산세베리아는 초보도 부담 없이 키울 수 있는 강한 생명력과 실내 공기를 깨끗하게 해 주는 공기정화 능력으로 많이 사랑받지만, 매력은 거기에서 끝나지 않습니다. 다양한 무늬와 색깔을 가진 잎을 자세히 들여다보면 정말 아름다운 식물이기도 합니다. 사진 속 라우렌티(로렌티)를 비롯해 콤팩타, 슈퍼바, 하니, 골든하니 등 다양한 품종이 모두 사랑받고 있습니다.

빛   밝은 빛이 충분히 드는 곳을 좋아하지만, 빛이 조금 부족해도 잘 자랍니다. 빛을 많이 받을수록 무늬가 선명해지고, 빛이 적은 곳에 두면 어두운 초록색을 띕니다.

물   건조하게 키워야 해요. 봄여름에는 흙이 완전히 말랐을 때 물을 주고, 날씨가 추워지면 서서히 물을 줄이세요. 겨울에는 단수해도 괜찮습니다. 물이 많은 것보다는 건조한 쪽이 훨씬 좋습니다. 저면관수를 하는 것도 좋아요. 물을 준 후에는 통풍이 매우 중요합니다. 과습이 되면 잎이 흐물거려요.

온도 15도 이상에서 따뜻하게 키우는 게 좋습니다. 너무 추우면 물을 주지 않아도 뿌리가 썩을 수 있어요.

저에게는 공기정화에 좋다는 이유로 들여와, 잘 죽지 않는다는 이유로 오랫동안 방치되다시피 한 산세베리아가 있습니다. 저의 손에서 죽지 않고 살아남은 몇 안 되는 생존 식물 중 하나로 식물에 관심을 가지기 훨씬 전부터 가지고 있던 식물입니다. 그러나 이 산세베리아가 저의 첫 산세베리아는 아닙니다. 학교에 다니며 자취하던 시절, 작은 방에서 컴퓨터를 끼고 살던 저는 산세베리아가 전자파를 차단해 준다는 이야기를 어디선가 주워듣고 저에게 꼭 필요한 식물이라고 생각했습니다. 인터넷에서 사진을 찾아보고 집에 오는 길에 꽃집에 들러 손바닥만 한 산세베리아를 샀습니다. 지금 생각해 보니 짧고 넓적한 잎이 산세베리아 하니였던 것 같습니다. 식물에 관해 아는 것은 거의 없었지만, 식물이 있다는 것만으로 방이 더 따뜻하게 느껴지고 삶을 잘 꾸려 나가고 있다는 위안이 되었던 것은 확실합니다. 그 방에 살던 몇 년 동안 처음 데려왔을 때 담겼던 작고 얇은 플라스틱 화분 그대로 건강하게 곁에 있어 주었는데, 사진 한 장 남기지 못했네요. 학교를 마치고 이사하면서 그 동네에 남은 친구에게 사뭇 애틋한 마음으로 넘겨주었죠.

새로운 집으로 이사하면서도 산세베리아의 효능을 믿고 이번에는 조금 더 큰 놈을 얻어 온 것이 지금의 산세베리아입니다. 전에 키웠던 산세베리아 하니는 산세베리아 트리파시아타를 작게 만든 품종이었는데, 그때는 작은 애가 커서 큰 애가 된 줄 알고 산세베리아 트리파시아타를 골랐지요. 잘 키우고 싶은 마음에 집

에서 햇빛이 가장 잘 들어오는 곳에 받침대까지 마련하여 소중히 올려놓았지만, 그걸로 끝이었습니다. 가끔 엄마가 와서 들여다보고 불쌍하다며 물을 주는 게 전부였습니다. 이 산세베리아의 사진을 찍게 된 건 꽃집에서 식물을 데려와 사진을 찍기 시작하고도 한참이나 지나서였습니다. 농장에서 데려온 지 얼마 안 돼 깔끔한 모양새를 갖춘 꽃집의 식물과는 달리 제가 키우는 식물은 너무 제멋대로 자라나고 비리비리해서 사진에 담기에는 적절하지 않다고 생각했었지요.

하지만 조금씩 더 다양한 식물을 접하고 공부하게 되면서 우리 집에 있던 식물이 어느새 달라 보이기 시작했습니다. 이미 익숙해진 것이 완전히 다르게 다가올 때가 식물을 가까이하며 알게 된 가장 기쁜 순간 중 하나입니다. 늘 곁에 있던 것이 '원래 이렇게 생겼었구나' '이런 면이 있었네' 하고 새롭게 보이는 기쁨은 제가 사진을 찍으면서 느끼는 감정과 매우 닮았습니다.

산세베리아의 장점은 역시 오랜 방관에도 거뜬히 살아남는 생명력입니다. 그러나 사진을 찍으면서 비로소 알게 된 또 하나의 매력은 (사실 모든 식물이 그렇지만, 특히 산세베리아는) 의외로 잎의 색깔과 모양이 정말 다양하다는 것입니다. 노란 테두리를 가진 잎, 제각각의 얼룩무늬가 강렬한 잎, 진한 초록색의 잎, 연한 초록색의 잎이 모두 한 화분 안에 담겨 있습니다. 노란 띠와 얼룩무늬의 넓이와 명도가 다르고, 잎꽂이해서 새로 나오는 잎에는 테두리나 얼룩무늬가 나타나지 않는 특성도 있어 한 화분 안에 똑같은 잎이 하나도 없습니다. 긴 시간을 들여 산세베리아를 찍으며 관찰하지 않았다면 이런 다양함은 발견하지 못했을 것입니다. 알았더라도 특별히 다가오지 않았겠죠. 우리나라에서는 공기정화 식물의 대표로, 서양에서는 뱀식물snake plant 혹은 시어머니의 혀mother-in-law's tongue 같은 다소 애꿎은 별명으로, 미모와는 상관없는 이미지를 갖고 있지만 사실 산세베리아는 역동적이고 화려한 잎을 자랑하는 식물이었습니다.

한 가닥 한 가닥 잎을 만지며 사진을 찍으면서, 마치 긴 시간 마음 한편에서 미안함을 느끼고 있던 친구에게 나름의 정성을 들여 사과하는 듯한 기분이 들었습니다. 산세베리아는 매일 약속 시간에 늦어도 한 번도 나무라지 않는 너그러운 마음을 가진 친구 같습니다. 저의 무관심에도 열심히 초록을 지켰고 봄이 올 때마다 새싹을 만들었지요. 그동안 지각만 한 것을 사과했으니 앞으로는 더 늦기 전에 제 몫을 해야겠습니다. 그러나 제 마음이 그렇다고 아무 때나 물을 콸콸 주어서는 안 된다는 것 정도는 이제 알고 있습니다. 그건 과습을 싫어하는 산세베리아가 바라는 우정이 아니니까요. 넘치게 붓는 물로 사랑을 표현하고 싶은 마음을 누르고, 산세베리아가 필요로 하는 건 무엇인지 한 잎 한 잎 자주 관찰하려고 합니다. 너무 늦은 건 아니었으면 좋겠네요.

고향을 떠나온 우리

을녀심 *Sedum pachyphyllum*

꽃처럼 탐스러운 잎이 눈길을 사로잡는 어여쁜 다육식물입니다. 일본에서 건너온 을녀심이라는 이름은 왠지 너무 사연 있는 이름 같다는 느낌이 들기도 합니다. 애심, 청솔 등 을녀심과 비슷하게 생긴 다육이 많아서 잎의 모양과 물드는 색을 잘 봐야 구분이 됩니다. 을녀심은 잎끝만 빨갛게 물들어 루돌프 코를 닮았단 말을 많이 들어요. 센스 넘치는 꽃집 동생은 쑥 웃자란 을녀심으로 이렇게 예술혼을 불태웠습니다. 눈 속에 묻힌 야자수 같네요.

빛 밝은 빛을 충분히 받아야 웃자라지 않아요. 잎이 듬성듬성해지면 빛이 부족한 것일 수도 있습니다. 봄가을에 햇빛을 잘 받아야 끝부분이 빨갛게 물드는 걸 볼 수 있어요

물 흙이 완전히 마르거나 잎이 살짝 쪼글쪼글할 때 물을 충분히 주고 잘 빠지게 해야 합니다. 장마철이나 겨울에는 건조하게 키워야 해요. 아래쪽 잎이 아니라 위에 달린 잎이 툭툭 떨어지면 과습일 수 있습니다. 통풍이 잘되게 해 주세요.

온도 겨울에는 5도 이상을 유지해 주세요. 추위에 약한 편입니다.

　식물을 건강하게 키우려면 원산지가 어딘지 알아보고 최대한 비슷한 환경을 만들어 주는 것이 좋습니다. 을녀심을 잘 키우고 싶으면 을녀심의 고향인 멕시코 산악 지역의 환경을 공부하는 것이 도움이 되죠. 강렬한 태양이 내리쬐는 건조한 지역에 적응해 살아온 다육식물과 축축한 열대 숲속 커다란 나무의 발치에서 자라던 열대식물을 한 공간에서 키우기는 쉽지 않습니다. 사람이 그렇듯 식물도 새로운 곳에 적응하려고 노력하겠지만, 원래의 고향과 너무 다른 환경이라면 건강할 수 없겠지요. 원산지를 생각하며 화분 속 식물을 바라보면, 고향을 아주 멀리 떠나온 사람을 보는 것 같아 조금 슬퍼집니다.

어차피 화분에 담겨 실내에서 자라는 식물이 원산지의 자연에서 자라는 식물과 같을 수는 없습니다. 잎이 마시는 공기도, 뿌리가 뻗어 나갈 수 있는 흙도, 모든 게 달라졌으니까요. 실내에서는 공기가 변하거나 바람이 부는 일이 좀처럼 없습니다. 화분의 크기는 정해져 있고 흙 속에서는 별다른 변화가 일어나지 않지요. 같은 흙과 공기를 나누던 이웃 식물과 동물도 완전히 바뀌었습니다. 그래서 우리 곁에 온 식물은 어떤 부분에서는 훨씬 더 강해지고 어떤 부분에서는 말도 못 하게 약해지지 않았을까 생각합니다. 원산지에서 만들어진 타고난 성격을 파악하고 최대한 좋아할 만한 환경을 만들어 주려고 노력하는 동시에 지금 식물이 사는 환경에 어떻게 적응하고 있는지도 살펴야 하는 이유이지요.

우리나라에서 많이 키우지 않거나 자료가 별로 없는 식물의 정보를 알아볼 때는 해외 자료를 뒤져 봅니다. 더 자세하고 정확한 정보를 얻게 되는 경우도 많지만, 가끔 똑같은 식물을 놓고 우리나라에서 권하는 재배법과 해외 자료에서 말하는 재배법이 다른 경우가 있습니다. 처음에는 어느 쪽이 맞는지 몰라 혼란스러웠는데, 생각해 보니 당연한 일입니다. 우리나라의 여름과 캘리포니아의 여름, 네덜란드의 여름은 정말 다르니까요. 우리에게 전해지는 재배 방법은 대부분 누군가 오랜 시간 동안 직접 식물을 키우며 체득한 것이기 때문에 그 사람의 환경이나 성향과 분리해 생각할 수 없습니다. 해외 자료를 비롯해 수많은 식물 키우

기 정보는 우리가 나아갈 방향을 알려 주는 중요한 등불이지만, 절대 실패할 리 없는 만능 주문은 될 수 없지요. 경험 많은 이들이 알려 주는 방법이 서로 조금씩 다른 것은 오히려 당연합니다. 그래서 식물 초보는 한 걸음 한 걸음이 더욱 불안하지만, 다행인 점은 식물도 우리가 만들어 준 환경에 적응하려고 최선을 다한다는 것입니다. 언제까지나 태양이 작열하는 사막이나 우거진 숲속 타령을 하며 살 수는 없다는 것을 이미 잘 알고 있는 것 같습니다. 우리 역할은 그런 식물의 노력을 최선을 다해 도와주는 것이 전부일지도 모르겠습니다.

언젠가 아빠가 옛날 책에 있는 멋진 이야기를 들려준 적이 있습니다. 인생은 커다란 배를 타고 항해를 하던 선원이 어느 바닷가 마을에 잠시 내린 것과 같다는 이야기입니다. 바닷가에 내려 예쁜 조개껍데기도 줍고 그곳 사람들과 즐거운 시간도 가질 수 있지만 선장이 부르면 언제든지 다시 배로 돌아가야 한다는 것이지요. 우리는 세상에 머무르는 시간이 잠시뿐이라는 것을 잊을 때가 많습니다. 곁에 있는 식물이 떠나온 머나먼 원산지 이야기를 들으면, 고향을 떠나 이곳에 살고 있는 식물처럼 우리도 여기서 적응하려고 노력하며 살다가 돌아가게 되는 것이라는 생각이 듭니다. 식물이나 사람이나 마음을 다해 응원해 주고 싶습니다.

토끼 선인장의 성장통

백망룡·귀면각 접목 선인장

Cleistocactus strausii, Cereus hildmannianus

✳️ 🫖 🌡️

"앗, 토끼!"라는 말이 절로 나오는 이 아이는 백망룡과 귀면각을 접목한 선인장입니다. 백망룡이 아닌 백섬으로 보기도 합니다. 접목 선인장의 모양은 정말 다양하지만 이렇게 완벽한 얼굴의 토끼를 만나기는 어려워요. 최고의 접목 기술과 함께 엄청난 행운이 따라 주어야 합니다. 이런저런 사연으로 몸에 상처를 입고 농장 구석에 머물던 이 토끼 선인장을 우연히 만나게 된 건 말 그대로 축복이었습니다. 귀여운 얼굴보다도 선인장의 몸에 있는 상처를 쓰다듬으며 감사하게 됩니다. 이 상처를 입고 잘 견뎌 내지 못했다면 제 품에 올 수 없었을 테니까요.

빛   밝은 빛을 충분히 받게 해 주세요. 집 안에서 햇빛이 가장 오랫동안 환하게 드는 곳에 두면 좋아요. 빛을 골고루 받을 수 있게 주기적으로 화분을 돌려 주면 더 좋습니다.

물   속흙까지 마르면 충분히 물을 주세요. 키가 큰 선인장은 화분 안에 뿌리가 넓게 퍼져 있어 골고루 물을 뿌려 줘야 합니다. 물을 주고 난 후에는 바람이 잘 통하고 빛이 잘 들어오는 곳에 두고 물이 잘 빠지는지 확인해 주세요. 장마철과 겨울에는 물을 거의 안 주는 게 안전합니다.

온도   겨울에도 15도 이상으로 따뜻하게 해 주세요. 보통의 실내 온도면 좋아요.

　예전에 어떤 영상에서 유명하다는 프로파일러가 범인을 추정하는 장면을 보았습니다. '범인은 30~40대 또는 50대이지만 20대일 수도 있다' '이 지역의 동쪽이나 남쪽에 살지만 북쪽이나 서쪽에 거주할 수도 있다' '무직자이거나 직장인이지만 주부일 가능성도 있다' 자못 진지해 보이는 프로파일링 결과였지만, 이런 식의 추정이라면 그 프로파일에 걸리지 않을 사람은 거의 없을 것입니다. 식물 무식자에게는 식물이 아픈 원인을 찾아내는 여정이 이와 크게 다르지 않습니다.

　전문가도 식물을 직접 보고 그 식물이 사는 환경을 잘 알지 않는 이상 아픈 이유를 콕 집어 말해 주기 힘듭니다. '물이 너무 많거나 적어서' '날이 너무 춥거나 더워서' '빛이 너무 많거나 부족해서' '화분이 너무 크거나 작아서' 등으로 진단하게 되는 때가 많지요. 고수는 풍부한 경험을 바탕으로 식물의 특성과 환경을 종합적으로 판단해 예측되는 원인을 찾아내고 적절한 처방을 내리지만, 초보는 도통 감을 잡을 수가 없습니다. 원인과 증상에 상관없이 일단 물을 들이붓고 싶은 충동에 사로잡히죠.

어떤 식물은 애초부터 원하는 것이 무엇인지 알기 어렵습니다. '과습에 약하지만 흙이 마르면 안 된다. 물을 좋아하지만 흙이 젖어 있으면 안 된다. 빛이 많으면 안 되지만 빛이 없으면 죽는다.' 어쩌라는 걸까요? 초보에게는 '빨갛지만 파란색' 같은 이야기입니다. 원하는 게 뭔지 모르니 무엇을 잘못했는지도 모른 채 사과만 하는 연인의 마음이라고나 할까요.

아끼고 아끼던 토끼 선인장의 한쪽 귀가 어느 날부터 점점 쪼그라들더니 누렇게 변해갈 때 저의 마음도 누렇게 타들어 가는 것 같았습니다. 완벽한 토끼 얼굴을 가진 선인장과 저의 만남은 운명적이었습니다. 꽃집 동생을 따라간 농장에서 수많은 선인장 사이를 돌아다니던 중 마법처럼 제 눈앞에 이 토끼 얼굴이 나타났죠. 한눈에 반했지만 꽤 큰 크기 때문에 당연히 비쌀 거라 생각하고 감히 가격을 물어볼 엄두도 못 내고 있었습니다. 그런데 토끼 앞을 떠나지 못하는 저의 마음을 읽은 주인아저씨가 어차피 기둥 선인장에 큰 상처가 나서 제값에 팔 수 없으니 싸게 가져가라고 했습니다. 이동 중에 넘어져서 기둥 한쪽이 잘려 나간 것

이었습니다. 망설일 필요가 없었지요. 만면에 미소를 띠고 계산하는데 뒤늦게 소식을 들은 주인아주머니가 "이렇게 가져가면 안 되는데… 그냥 내가 키우려고 했는데…"하며 섭섭해하셨습니다. 저는 짐짓 못 들은 척하며 예쁘게 키우겠다고 약속했지요. 그렇게 만난 아이가 우리 집에 와서 병이 난 것입니다.

원인이 무엇일까. 인터넷도 책도 열심히 찾아보았지만, 무식한 저에게는 모두 가짜 프로파일러의 추측처럼 들릴 뿐이었습니다. 물을 주라는 건지 말라는 건지, 찬 바람이 필요하다는 건지 더 따뜻한 곳으로 옮기라는 얘기인지 알 수가 없었습니다. 이럴 땐 정말 식물 병원이 있었으면 합니다. 어떤 환경에서 자랐는지가 원인과 처방을 찾아내는 결정적 증거이기 때문에 동물행동 전문가가 문제견의 집에 찾아가 보호자의 생활을 점검하듯 식물 전문가가 우리 집으로 와 저의 문제 행동을 판단하고 처방을 내려 주면 속이 다 시원할 것 같습니다. 그렇게 시간은 흘러가고 토끼 귀는 속절없이 더 작아졌지요.

그러던 어느 날 작아진 귀의 아래쪽으로 새로운 가시들이 털처럼 도톰하게 올라오는 게 보였습니다. 선인장이 쪼그라드는 판국에 털이 풍성해지는 게 이상했습니다. 하지만 통통해진 털의 색이 눈처럼 하얘서 어쩐지 나쁜 일이 일어나는 것 같진 않았습니다. 긴장 속 며칠이 지난 뒤 볼록한 작은 털 더미 안을 보니 맑은 초록색의 선인장 몸체가 보였습니다. 털 더미의 정체는 새로운 선인장 새끼였던 것입니다. 노랗게 쪼그라든 선인장은 마지막 기운

을 다 모아 새로운 선인장을 만든 듯했습니다. 어쩌면 기세 좋은 새끼 선인장이 기운을 다 빼앗아 버린 것일 수도 있지요. 자세한 속사정이야 알 수 없지만, 접목 선인장이기 때문에 더 이상의 성장은 기대하지 않았는데 이런 변화가 일어나는 것이 말할 수 없이 고마웠습니다. 식물이 살아 있고 활동하고 있다는 증거니까요.

현재 저의 토끼 선인장은 멀쩡한 귀 한쪽, 그리고 노래지고 작아진 귀 한쪽과 더불어 손톱만큼 작고 털이 풍성한 어린 선인장을 머리에 달고 있습니다. 귀가 세 개인 토끼는 없으니 더는 토끼 선인장이라고 부르기 힘들겠지요. 완벽한 토끼 얼굴은 사라졌지만 한쪽 귀와 함께 영영 떠나 버리는 게 아닐까 걱정했던 선인장이 살아 주어서 감사할 뿐입니다. 새끼 선인장은 그 후로 좀처럼 변화가 없지만 또 언제 어떤 일이 일어날지 모릅니다. 아기가 열감기를 한참 앓고 나면 쑥 자라는 것처럼 제 선인장도 아픔을 겪고 또 하나의 변화를 맞이했습니다. 새끼 선인장이 달린 쪽을 볕이 드는 방향으로 돌려 주는 것 말고 제가 할 수 있는 일은 별로 없습니다. 그마저도 도움이 되는지는 모르겠지만, 아픈 것이 아픈 걸로만 끝나지는 않아 다행입니다. 하지만 여전히 언제라도 생길 수 있는 식물의 아픔에 대해서는 도무지 마음의 준비가 되지 않습니다.

완벽하지 않은 존재

생선뼈선인장 *Selenicereus anthonyanus*

━━━━━━━━━━━ ☀ ⚘ 🌡 ━━━━━━━━━━━

부드러운 곡선으로 늘어지는 줄기 때문에 믿기 어렵겠지만 이 식물도 선인장입니다. 정확한 이름을 찾느라 고생했던 식물 중 하나예요. 이렇게 생긴 선인장은 별명이 죄다 생선뼈선인장 아니면 지그재그선인장이다 보니 더 헷갈립니다. 어려서는 거의 똑같다가 자라면서 각자 모양을 찾아가는데, 에피필룸 앙굴리에르*Epiphyllum anguliger*는 하얀 꽃이 피고 셀레니세레우스 안토니아누스는 진분홍 꽃이 핍니다. 아쉽게도 아무 때나 꽃이 피어 주지는 않으니 정확한 이름을 알려면 기다림이 필요합니다. 저는 오랜 고민 끝에 이 선인장을 셀레니세레우스 안토니아누스로 결론 내렸습니다. 같은 별명의 여러 선인장 중 제가 생각하는 진정한 생선뼈선인장입니다. 에피필룸 앙굴리에르는 미역에 더 가까워요. 빨리 자라는 편이라 길게 키워 늘어뜨리면 멋진 행잉 플랜트가 됩니다.

빛   직사광선도 필요하지만, 강한 햇빛에 오래 노출되면 잎이 노랗게 될 수 있으니 반양지에서 키우는 것이 좋습니다. 초봄에 빛을 많이 받으면 새끼가 자라는 데 도움이 됩니다.

물   생장이 빠르고 보통의 선인장보다 물을 좋아하므로 겉흙이 마르면 듬뿍 주세요. 하지만 흙이 오래 젖어 있으면 뿌리 쪽이 금방 썩으니 물이 잘 빠지게 해야 해요. 까매지거나 물컹거리면 뿌리가 썩기 시작한 것이니 썩은 곳은 잘라 내고 새 화분으로 옮기세요. 공중 습도를 촉촉하게 하면 좋습니다. 하얀 공중 뿌리가 쑥쑥 나온다면 건조하다는 뜻입니다.

온도 실내에서 따뜻하게 키우고 통풍을 잘해 주는 것이 무엇보다 중요해요. 고온 다습한 환경에서 잘 자랍니다. 겨울에는 5도 이상을 유지해 주세요.

한참 인형을 가지고 놀 나이였으니 아마도 6~7살쯤이었던 것
같습니다. 엄마와 길을 가다가 거리에 자리를 펴고 인형을 파는
아저씨를 만났습니다. 가던 길을 멈추고 한참을 구경하던 중 제
마음을 사로잡은 것은 까무잡잡한 피부에 귀여운 멜빵바지를 입
은 아기 인형이었습니다. 예쁜 털모자도 쓰고 있었지요. 저는 인
형에서 눈을 떼지 못한 채 엄마의 눈치를 살폈고, 엄마는 그 인
형을 사 주어도 되는지 꼼꼼히 살폈죠. 하지만 가장 초조했던 건
인형을 파는 아저씨였을 겁니다. 인형이 얼마나 잘 만들어졌는지
가격은 또 얼마나 합리적인지 열심히 설파하셨지요. 엄마도 조건

이 나쁘지 않다고 생각했는지 거래는 거의 성사되기 직전이었습니다. 그런데 인형을 집어 드는 순간, 인형 모자가 스르르 흘러내렸습니다. 엄마가 먼저 깜짝 놀랐고, 엄마의 반응에 저도 아저씨도 놀랐지요. 벗겨진 인형 머리에는 머리털이 하나도 없었습니다. 지금 생각해 보면 아기 인형이니까 머리카락이 없을 만도 한데, 그때는 인형의 매끈한 머리 모양이 상당히 어색하고 충격적이었던 모양입니다. 아저씨가 황급히 다시 모자를 씌워 보았지만 엄마는 인형을 내려놓았고 결국 거래는 허무하게 종결되었습니다. 놀라는 엄마를 보던 아저씨의 당황한 얼굴이 오래도록 잊히지 않

앉습니다. 모자 속의 비밀 때문에 앞으로도 인형이 팔리기는 힘들 것 같다는 생각이 들었죠. 인형을 못 산 섭섭함만큼이나 그럼 이제 그 인형은 어떻게 되는 걸까 걱정이 되었습니다.

식물을 사는 것도 소비이기 때문에 합리적인 소비를 해야 하는 것은 당연합니다. 건강하고 예쁜 식물을 고르고 싶은 마음은 누구나 마찬가지죠. 농장이나 꽃집에서 식물을 고를 때면 가장 튼튼해 보이는 것을 찾게 됩니다. 그래야 집에 와서도 건강하게 오래 살고 사진을 찍어도 예쁘게 나오니까요. 하지만 한편으로는 그럼 비리비리하거나 상처 난 것은 어떻게 될지 마음이 쓰입니다. 지금의 연약함을 극복하지 못해서 아무에게도 선택받지 못하면 결국 버려지겠죠.

제 떡갈잎고무나무의 가장 오래된 잎은 누가 한 입 베어 먹은 것처럼 한쪽이 동그랗게 파여 있습니다. 다행히 벌레 먹은 것은 아니었는지 다른 잎에 퍼지지는 않았지만, 처음에는 걱정거리였죠. 지금은 그 후에 자라난 더 큰 잎에 가려 상처는 잘 보이지도 않습니다. 저의 자랑거리인 토끼 모양 선인장은 운반 중 사고로 기둥 한쪽이 잘려 나간 덕에 우리 집에 올 수 있었습니다. 그리고 사진 속 생선뼈선인장은 가장 큰 줄기의 가운데가 꺾여 있습니다. 나머지 반쪽 줄기가 떨어질 듯 위태하게 달려 있지요. 덕분에 전체적인 모양이 더욱 독특합니다.

아마 상처 있는 식물은 잘 자라지 못하고 빨리 죽을 확률이 높겠지요. 그런데도 오래 살아남아 심지어 튼튼해지기까지 하는 식물을 보면 원래부터 건강했던 식물이 잘 자라는 것과는 또 다른 감동이 있습니다. 어떤 식물은 그 흠 때문에 더 아름답습니다.

전 세계의 식물 고수들이 키우는 멋진 식물을 SNS로 구경하는 것은 제가 좋아하는 일과의 하나입니다. 그중 버려진 식물을 데려와 키우는 사람이 새로운 소식을 올리면 가장 반갑습니다. 죽은 게 거의 확실해 보이는 식물을 며칠 혹은 몇 달에 걸쳐 살려내고, 마침내 처음 데려왔을 때와 지금의 모습을 비교해서 올린 사진을 보면 저도 모르게 휴대폰에 대고 박수를 치게 됩니다. 하지만 버려진 모든 식물이 이런 구원의 손길을 받을 수 있는 것은 아닙니다. 추운 겨울, 완전히 말라 길가에 버려진 화분을 보면 봄이 와도 살아나지 못할 땐 어떻게 되는 걸까 걱정이 됩니다.

꼭 식물이 아니더라도 이런저런 흠 때문에 선택받지 못한 것들은 어디로 가게 되는 걸까요. 이렇게 책임지지도 못할 걱정을 자꾸 하는 것은 아마 저한테도 말로 다 못 할 흠이 많다는 사실을 잘 알고 있기 때문인 것 같습니다. 그 흠을 알고도 곁에 있는 사람들에 대한 고마움과 언젠가 그것 때문에 실망하지 않을까 하는 두려움이 누구에게나 있지 않을까요. 상처가 있거나 비실거리거나 버려진 식물을 보며 조금은 저 같다는 생각을 합니다. 그래서 어딘지 못난 식물을 애틋하게 바라보게 되고 죽은 줄 알았던 식물이 살아나면 울컥하는 모양입니다. 흠 있는 식물은커녕 세상 건강한 식물도 시들시들하게 만드는 능력자이다 보니 딱히 뭘 어떻게 할 수 있는 형편은 아니지만요.

예민한 식물, 예민한 사람

오십령옥 *Fenestraria rhopalophylla* subsp. *aurantiaca*

— ☀ 🪴 🌡 —

오십령옥은 비슷한 종이 많아 꽃이 필 때까지는 정확한 품종을 알기 힘듭니다. 오십령옥이 속한 페네스트라리아속에는 페네스트라리아 로팔로필라라는 마법사의 주문 같은 이름의 종 하나만 있고, 아종으로 오십령옥과 군옥이 있습니다. 노란 꽃이 피면 오십령옥, 흰 꽃이 피면 군옥인데, 원종도 노란 꽃을 피우고 이걸 군옥이라고 부르기도 해서 구분하기 힘들죠. 학계에서도 오십령옥을 아종으로 할지 독립된 종으로 할지 논의 중이라고 합니다. 오십령옥의 재배종인 주령옥 역시 노란 꽃을 피우지만 크기가 좀 더 크고 주황빛이 돕니다. 분홍색 꽃이 핀다면 광옥인데, 이건 아예 다른 속 식물이에요. 페네스트라리아속 식물은 줄기 끝이 네모난 창문처럼 생겼습니다. 이름도 창문fenstra에서 유래했다고 해요. 이 부분으로 햇빛을 받아 광합성을 합니다. 꼬물꼬물 올라온 모양 때문에 영어 별명은 아기발가락baby toes이에요.

빛   빛을 충분히 받게 해 주세요. 바깥에서 키운다면 한여름의 직사광선은 피해야 합니다.

물   과습에 매우 약해요. 속흙까지 완전히 말랐을 때만 물을 흠뻑 주세요. 몸에 물이 닿으면 화상을 입을 수 있으므로 저면관수 하는 게 안전해요. 여름엔 쉬고 겨울에 성장하는 식물이라 덥고 습한 여름에는 단수하는 게 좋습니다. 물을 준 후 바람이 얼마나 잘 통하는지가 생사를 좌우합니다.

온도   추위에 약한 편입니다. 영하 4도까지 견딘다는 자료도 있지만, 이왕이면 10도 이상을 유지하는 게 안전합니다. 아무리 추워도 5도 아래로는 내려가지 않게 해 주세요. 평소에는 24~28도 사이의 따뜻한 온도에 두면 됩니다.

　식물깨나 키워 본 사람도 선뜻 키우기 쉽다고 말하기 힘든 식물이 있습니다. 물이든 흙이든 마음에 들지 않으면 곧 시름시름 앓고 무엇이 마음에 안 드는지 찾아내기도 쉽지 않은, 예민한 성격의 식물들이죠. 저는 그중에서도 오십령옥을 1등으로 꼽고 싶습니다. 경험 많은 사람도 키우기 어렵다고 손에 꼽는 다육식물입니다. 물론 실력 있는 보호자를 만나면 터질 듯이 통통하게 잘 자라지만, 제가 만난 오십령옥은 쪼글쪼글한 모습뿐이었습니다.

　예쁘게 찍으라고 꽃집 동생이 애지중지하는 나무 화분에 옮겨 심어 주었는데, 그때 무언가가 심기를 불편하게 했는지 기력을 못 차리고 주름이 늘어나기만 했습니다. 사진을 찍는 내내 그사이에 유명을 달리할까 봐 공포에 떨었죠. 식물의 언어를 아직 익히지 못한 초보의 눈에 다육은 물이 부족해도 쪼그라지고 물이 너무 많아도 쪼그라지는 까칠한 식물입니다. 사진을 찍으며 알아보니 오십령옥은 분갈이를 특히 힘들어한다고 하네요. 작은 화분에 꽉 자게 지내야 꽃도 더 잘 피고요. 사진을 핑계로 괜히 괴롭힌 것 같아 미안해졌습니다.

다급한 마음에 열심히 찾아본 정보를 종합해 보니, 오십령옥은 다육치고는 물을 좋아하는 편이지만 과습에는 몹시 취약하다고 합니다. 초보에게는 수수께끼 같은 이야기이죠. 추위에 약하지만 여름이 아닌 겨울에 성장하는 식물이고요. 대부분의 다육식물에게 그렇듯이 고온 다습한 우리나라의 여름은 가장 위험한 시기입니다. 습기가 많은 채로 온도가 올라가면 쉽게 죽기 때문이죠. 오십령옥이 이렇게나 까다로운 식물로 이름을 떨치게 된 데에는 아마도 원산지와 우리나라의 심한 환경 차이가 영향을 주지 않았을까 합니다. 오십령옥의 원산지는 아프리카의 나미비아로 겨울이 우기입니다. 겨울이 되면 많은 비가 내리고, 이때 오십령옥은 폭풍 성장을 합니다. 우기를 제외하고는 따가운 햇볕이 내리쬐는 건조한 사막의 모래 밑에 몸을 숨기고 줄기 끝의 네모난 창문을 통해 광합성을 하며 살아가지요. 여름은 습하고 겨울은 건조한, 달라도 너무 다른 우리나라의 환경을 오십령옥이 받아들이기 힘들어하는 것은 어쩌면 너무 당연합니다.

사실 대부분의 다육식물은 이와 비슷한 환경에서 왔습니다.

그런데 왜 오십령옥은 유독 더 민감하게 구는 걸까요? 쪼그라진 오십령옥의 모습이 원망스러우면서도 한편으로는 이해가 전혀 안 되는 것만은 아닙니다. 저도 어디에서나 잘 어울리는 성격은 아니기 때문입니다. 새로운 환경에서 새로운 사람들을 만나는 일이 너무 힘들어서, 그런 날은 집에 돌아오면 한라산 등정이라도 다녀온 것처럼 영혼이 나갑니다. 잠들기 전에는 오늘 내가 실수한 것은 없는지, 사람들이 내게 한 말이 과연 무슨 의미였는지 사골국 끓이듯 곰곰이 생각하고 또 생각하곤 합니다. 다들 아무렇지 않게 하는 일이 나한테는 유독 힘들다고 느껴지거나 별거 아닌 일에 심한 내상을 입는, 예민한 오십령옥이 된 것 같은 순간이 저에게는 많습니다. 식물로 치면 그렇게 탱탱하고 강인한 식물은 못 되는 거죠. 열악한 환경에서도 꿋꿋이 힘을 내어 씩씩하게 잘 자라고 새끼를 치고 번성하는 식물도 있지만, 영 활개를 치지 못하는 식물도 있습니다. 하지만 예민한 식물도 살기 위해 이렇게 저렇게 나름 애를 쓰고 있습니다. 예민함도 그 식물의 중요한 성격입니다. 식물도 최선을 다하고, 키우는 사람도 최선을 다해 보는 거죠. 그렇게 수많은 작은 성공과 실패 끝에 조금 더 적응하고 조금 더 강해지겠지요. 이 쪼글쪼글한 다육의 미래가 심히 걱정되다가도 너무 애쓰지는 말라고 말해 주고 싶기도 하고, 그렇습니다.

제멋대로 자라 주기를

리틀장미 *Echeveria prolifica* 'Little Rose'

──────── ☀ 🪣 🌡 ────────

리틀장미는 이름 그대로 장미처럼 예쁜 로제트형 잎 모양을 만늘시만 엄청난 옷사람으로도 유명합니다. 프롤리픽prolific(다산의, 번식력이 강한)에 어원을 둔 프롤리피카prolifica라는 학명은 아마도 너무 잘 자라서 붙은 이름인 듯해요. 자그마한 새끼가 긴 줄기와 함께 계속해서 뻗어 나와서 화분이 금세 꽉 찹니다. 잎꽂이나 줄기꽂이로도 잘 자라므로 솜씨가 좋은 사람이라면 금방 식구를 늘릴 수 있습니다. 마른 잎은 바로바로 떼어 주어야 한답니다.

빛   빛을 많이 봐야 웃자라지 않습니다. 햇빛이 가장 잘 드는 곳에 놓고 키우는 게 좋아요.

물   잎을 만져 봤을 때 말랑하거나 잎에 주름이 생기려고 할 때 물을 주세요. 물을 너무 자주 줘도 웃자라기 때문에 조심해야 해요. 통풍이 잘되는 곳에서 물이 잘 빠지게 하는 게 중요합니다.

온도   18~21도 정도에서 잘 자랍니다. 겨울에도 10도 이상을 유지해 주는 게 좋아요.

저는 이 리틀장미에게 첫눈에 반했습니다. 빛을 향해 길게 뻗은 꽃대 끝에 달린 노란 꽃을 본 순간, 홀딱 마음을 뺏기는 것은 정해진 운명이었습니다. 사방팔방 제멋대로 줄기를 뻗은 리틀장미는 웃자란다는 게 어떤 건지 제대로 보여 줍니다. 웃자라는 것은 식물 키우는 사람에게 대체로 부정적인 의미지만, 이 리틀장미를 본 후로 저에게 웃자람은 식물에서 찾을 수 있는 또 하나의 아름다움이 되었습니다. 식물을 일부러 웃자라게 방치할 수야 없지만, 어떤 웃자람은 거부할 수 없는 특별한 몸짓으로 느껴집니다.

식물은 빛이 부족하면 햇빛을 찾아서 줄기를 길게 뻗어 올립니다. 잎 사이가 멀어지면서 가늘게 길어진 줄기는 식물이 건강하게 자랄 수 있는 최적의 장소에 있지 않다는 표시입니다. 빛이 더 잘 드는 곳으로 옮겨야 한다는 뜻이지요. 리틀장미는 빛이 부족한 상황에 특히 민감하게 반응합니다. 빛이 조금이라도 부족하면, 빛이 있는 곳을 찾아 사방으로 가느다란 줄기를 뻗어 나가죠. 위태롭고 안타까운 동시에 강인한 생명력을 느끼게 하는 모습입니다. 이대로 여기 주저앉아 당하지만은 않겠다는 의지가 보입니다. 뻗어 나간 줄기가 만들어 낸 모양은 들판에 핀 야생화를 가져다 만든 꽃다발처럼 특별합니다. 자유분방하면서도 우아하죠. 길어진 줄기 끝은 무언가 말하려고 하는 것 같습니다. 똑같은 식물이라도 똑같은 모양으로 자라는 경우는 없습니다. 각자의 방법으로 주어진 환경에서 살아남아 적응하려고 노력한 흔적을 고스란히 드러냅니다.

　잠깐 외국에서 살았던 시절, 현지의 친구가 키우고 있던 식물을 분갈이해서 친구들에게 나눠 준 적이 있습니다. 주는 친구도 받는 친구들도 식물의 이름에 관해서는 이야기하지 않아서 어떤 식물인지는 전혀 몰랐지만, 작은 초록색 잎이 수북하게 달리는 순한 식물이었습니다. 당시 저에게 식물을 키운다는 것은 그곳에 뿌리내리고 사는 사람들이나 누릴 수 있는 풍요로움과 안정감의 상징처럼 느껴지는 일이었습니다. 그 풍요와 안정을 조금 나눠 받은 것 같아 화분을 준 친구가 엄청 관대하게 보였지요. 친구는 종종 식물의 안부를 물었습니다. 식물을 나눠 준 친구들 집에 놀러

가면 상태를 유심히 살피고 조언을 해 주기도 했죠. 그리고 식물이 자라면서 키우는 사람을 닮아간다고 신기해했습니다. 제 식물은 줄기가 꼬불꼬불해지면서 옆으로 퍼져 보글보글 자랐고, 또 다른 친구의 식물은 줄기가 위로 쭉쭉 뻗으면서 시원시원하게 자랐습니다. 모두 같은 화분에 담긴 한 식물이었는데 말이죠. 한국으로 돌아오면서 다른 친구에게 선물해 주고 왔는데, 꼬불꼬불했던 저의 식물이 새로운 보호자를 만나 또 어떤 모습으로 변해 갔을지 궁금합니다.

농장에서 어리고 싱싱한 식물을 보는 것도 즐겁지만 누군가와

오랜 시간 함께한 식물을 보는 것도 특별한 재미가 있습니다. 식물이 그 사람과 살면서 어떻게 적응해 왔는지를 볼 수 있으니까요. 재미있게 본 식물책 중에 식물로 아름답게 꾸민 집과 그 주인을 소개하는 책이 있습니다. 집 안에 가득 찬 커다란 식물들은 공간에 맞게 키가 자라고 잎이 달리면서 모양과 색도 바뀌어 있었습니다. 인테리어를 위해 식물을 가져다 놓았다기보다는 식물이 그 공간의 주인인 것처럼 보였죠. 함께 사는 사람과 그곳의 기온, 창문과 벽, 가구 등 모든 것과 떼려야 뗄 수 없는 존재감을 가진 생물의 모습이었습니다. 식물을 그렇게 오랫동안 키울 수 있다는 것도 부럽고, 오직 그 공간에서 그 사람과 같은 시간을 보냈기 때문에 나타날 수 있는 식물의 모습을 날마다 관찰할 수 있다는 것도 부러웠습니다.

모두가 잘 알고 있는 반듯하고 정상적인 모양의 식물보다 어딘가 이상하게 제멋대로 자라난 식물이 훨씬 더 많은 이야기를 가지고 있는 것 같습니다. 사는 환경에 맞게 자기만의 모양새를 갖춘 식물의 아름다움은 쉽게 설명하기 힘듭니다. 오랜 세월 입으로 전해 내려오는 옛날이야기처럼 전해 주는 사람에 따라 이야기는 조금씩 바뀌고 새로운 기억을 만들어 내죠. 내 식물은 나에게, 나는 내 식물에게 서로 적응해서 우리만의 이야기를 만들어 가는 것이 식물을 키우는 사람 모두가 꿈꾸는 바가 아닌가 합니다.

감당할 수 있을 만큼의 변화

대은룡 *Euphorbia tithymaloides* 'Variegatus'

☀ 🪣 🌡

마디마다 지그재그로 꺾이는 줄기 때문인지 '천국의 계단' '악마의 등뼈' '야곱의 사다리' 등 엄청난 별명으로도 불리는 대은룡입니다. 마디마디가 세월의 흐름을 단단히 이겨 낸 모습처럼 느껴집니다. 빛을 충분히 받은 다음 찬 바람 불어오는 가을을 맞으면 잎 테두리부터 분홍색으로 물듭니다. 겨울에는 잎을 떨구고 봄이 되면 다시 새잎이 돋아요. 잎이 풍성할 때만큼이나 잎이 다 떨어지고 줄기만 남은 모양도 멋있어서 1년 내내 변하는 모습을 감상하기 좋습니다.

빛   빛이 잘 드는 반양지에 두고, 직사광선은 피해 주세요.
물   다육식물이라서 건조하게 키워야 합니다. 흙이 완전히 말랐거나 잎이 돌돌 말렸을 때 물을 흠뻑 주세요.
온도 일교차를 크게 하면 붉은 물이 잘 들어요. 겨울에도 따뜻하게 키우는 게 좋습니다.

저 못지않게 식물 똥손임을 자부하는 친구의 딸내미가 몇 해
전 방과 후 과학 시간에 식물을 받아 왔답니다. 개운죽이었다고
해요. 딸의 식물을 죽일까 봐 극진히 보살핀 덕분인지 의외로 잘
자랐는데, 얼마 후 친구 가족이 1년 동안 해외에 나가게 되었답니
다. 정성껏 키운 개운죽과 딸이 친구처럼 여기는 거북이가 문제
였죠. 고심 끝에 믿을 만한 딸 친구의 집에 개운죽과 거북이를 맡
겼다고 합니다. 1년 후 한국으로 돌아왔을 때 다행히 개운죽과
거북이 모두 건강하게 잘 살아 있었습니다.

한국에서 다른 도시로 이사하게 된 친구 가족은 새로운 보호
자와 잘 지내는 거북이는 남겨 두기로 하고 개운죽만 새집으로

데려왔습니다. 새 보호자 곁에 남은 거북이는 지금도 잘 살아 있다고 합니다. 하지만 원래 보호자에게 돌아온 개운죽은 새집에 온 지 얼마 되지 않아서 시름시름 앓다가 결국 무지개다리를 건너고 말았습니다. 식물은 매번 주어진 환경에 적응하려고 최선을 다했을 겁니다. 그 결과 임시 보호자의 집에는 성공적으로 적응했지만, 1년 뒤 다시 만난 보호자와 다른 도시로의 이사는 이겨내지 못한 것이죠.

식물의 이야기를 들을 수 있는 능력이 없는 친구와 저는 새로운 집에서 무엇이 잘못되어 개운죽이 떠나 버렸는지 알 길이 없습니다. 바뀐 공간의 햇빛이나 습도, 또는 그동안의 화분 속 상태 등 여러 이유가 있겠지요. 어쩌면 1년 전 새로운 곳에 적응하는데 모든 힘을 썼기 때문에 다시 그만큼의 힘을 모으기가 힘들었을 수도 있습니다. 이로써 또 한 번 식물과의 이별을 경험한 친구는 이럴 줄 알았으면 거북이와 함께 두고 올 걸 그랬다며 마음 아파했지만, 식물 초보는 어쩔 수 없이 이런 일에 익숙합니다. 하지만 몇 년이 지난 지금도 개운죽 이야기를 하는 것을 보면 아픔은 아직 다 사라지지 않은 모양입니다.

얼마 전 라디오에서 한 아이가 봄이 와서 좋은 점이 학년이 바뀌어 새로운 친구들을 만날 수 있는 것이라고 하는 얘기를 듣고 적잖이 놀랐습니다. 새로 만나는 친구들이 어떨지, 어떤 관계를 맺을 수 있을지 전혀 모르는 상황에서 기대가 된다고 하다니 정말 엄청난 긍정의 힘이다 싶었습니다. 저도 학교에 다니던 시절에

　는 해마다 새로운 아이들을 만나고 어떻게든 적응을 했는데, 돌이켜 보면 그 어렵고 힘든 일을 어찌해냈나 싶습니다. 지금은 새로운 환경, 일, 사람을 향한 설렘보다는 두려움이 더 큽니다. 어린 시절에는 저도 새로운 반 친구들에 대한 기대로 가슴이 두근대던 기억이 있으니 확실히 나이가 들면서 심약해졌나 봅니다.

　흙에 뿌리 내려 사는 식물도 환경의 변화를 좋아하는 것 같지 않습니다. 식물은 자신에게 맞는 환경을 찾아 스스로 이동하지 못하는 대신 지금 있는 곳에 적응하기 위해 온 힘을 집중하죠. 식물이 이해할 수 있는 신호를 서서히 보내면서 찾아오는 계절의 변화에는 누구보다 현명하게 대처할 수 있지만, 인간의 결정에 따라 갑작스럽게 일어나는 환경의 변화는 식물을 힘들게 합니다. 화분을 바꿀 때는 물론이고 위치를 옮길 때도 신중해야 하는 이유지요. 햇빛을 좋아한다고 그늘에 있던 식물을 갑자기 따가운 식사광선 아래 장시간 내놓는다거나, 날씨가 추워졌다고 야외에 있던 식물을 불쑥 빛이 잘 들지 않는 따뜻한 방 안으로 옮겨 놓으면 오히려 역효과를 낼 수 있습니다. 이사를 하거나 직장 혹은 학교를 옮기면 사람도 한동안 적응하는 기간을 가져야 하고 그동안은 아무래도 예전만큼 편안하지 않은 것처럼 식물에게도 충분한 시간을 주고 유심히 지켜봐야 합니다. 그래서 식물을 데려올 때는 항상 원래 있던 곳의 환경을 기억하라는 말을 하는 것 같습니다. 원산지는 물론이고 농장이든 꽃집이든 아니면 다른 누군가의 집이든 식물이 그전에 자라고 있던 곳을 고려해서 지금의 환경을 만들어 준다면 아무래도 적응하기 더 쉬울 테니까요.

식물은 환경의 변화에 적응하려 최선을 다하지만 결코 지나치지는 않게 대응하며 자연 속에서 주어진 몫을 감당하는 듯합니다. 받아들일 수 있을 만한 변화라면 대은룡처럼 계절이 바뀌고 세월이 흐르는 대로 자연스럽게 적응하여 시간마다 다른 매력을 보여 줍니다. 원하는 만큼 충분히 시간을 가질 수 있는, 얼마든지 고민해 보고 원하는 만큼만 변해도 되는, 그래서 더 튼튼해지고 더 성장할 수 있는 변화를 식물과 함께 천천히 겪어 가고 싶습니다.

식물 속 당신의 우주

루비목걸이 *Othonna capensis* 'Ruby Necklace'

　　　　　　　　☀ 🪣 🌡

주렁주렁 달린 동글동글한 잎이 진주알처럼 보여서 진주목걸이라고도 불리지만, 가을이면 고운 보라색으로 물들어 루비목걸이라는 이름이 더 잘 어울립니다. 루비네크리스 또는 루비앤네크리스라고도 해요. 줄기는 항상 밝은 보라색입니다. 어릴 때는 잎이 동그랗다가 자라면서 길쭉해집니다. 원래는 잎이 길쭉한데 농장에서 동글동글하게 키운다는 얘기도 있고, 줄기가 늘어지면서 영양이 부족해지면 잎이 길쭉해진다는 얘기도 있어요. 봄부터 가을까지 앙증맞은 노란 꽃이 피는데, 낮에 피었다가 밤이 되면 다시 오므라들어요. 약간 넓은 화분에서 키우는 게 좋다고 합니다.

빛　　빛이 충분히 들어오는 곳에서 키우되 여름철 직사광선은 피해 주세요. 봄여름에 햇빛을 많이 받으면 가을이 되면서 보라색으로 물듭니다.

물　　봄가을에는 흙이 완전히 마르면 물을 주고, 겨울이 가까워지면 물을 줄여 주세요. 잎이 탱탱하지 않고 바람 빠진 것처럼 보이기 시작할 때 주면 됩니다. 건조하게 키워야 보라색 물이 더 잘 든다고 해요. 여름은 휴면기라 물을 줄여 건조하게 관리하는 게 좋고, 겨울에는 단수해도 괜찮습니다. 물이 잘 빠지게 하고 통풍을 잘하는 것이 중요합니다.

온도　　휴면기인 여름에는 잘 쉴 수 있게 서늘한 곳에 놓아두세요. 겨울에는 5도 이하로 내려가지 않게 주의해야 합니다. 추워지면 실내로 들이는 게 안전합니다.

　식물이 좋아지면서 다른 사람의 식물을 구경하는 일이 재미있어졌습니다. 그 사람이 어떤 식물을 키우고 식물의 상태가 어떤지에 따라 익숙한 면을 재확인하기도 하고 의외의 새로운 면을 발견하기도 하니 신기하지요. 서로 안 하는 얘기가 없다고 생각했던 꼬마 때부터의 친구가 제가 식물책을 쓴다는 걸 알고는 은밀한 비밀을 털어놓듯 "사실은 나도 식물 좋아해" 하고 수줍게 고백해 깜짝 놀라기도 했습니다. "웬 식물?"이라고 할 줄 알았는데 사무실에서 키우는 테이블야자와 보스턴고사리 사진을 보내며 자랑하기까지 했죠. 식물을 더 사고 싶다며 추천도 부탁했습니다. 결국 자기 멋대로 골랐지만요.

외국에 사는 한 친구도 제가 식물 사진을 찍는다고 하니까 자기가 키우는 식물의 사진을 보내 주었습니다. 사진을 열어 보며 가슴이 두근거렸습니다. 별 얘기를 다 하는 사이지만 키우는 식물 이야기를 한 적은 한 번도 없었거든요. 취향이 워낙 확고한 친구라 어떤 식물을 골랐을시 무척 궁금했습니다. 친구가 보내온 사진 속 식물은 다양한 종류의 에케베리아와 산세베리아 하니, 작은 알로에, 무늬홍콩야자, 스노우사파이어, 유칼립투스였습니다. 옹기종기 모아 놓은 식물들을 보니 어떤 건 딱 친구 같고 어떤 건 의외였습니다. 손이 야물고 섬세한 친구에게 선택되어 길러진 식물들이 어떤 상태인지, 어떤 화분에서 자랐는지 모두 흥미진진했습니다. 그리고 외국 화원에서는 어떤 식물을 파는지, 인기 있는 식물은 무엇이고 우리나라에 없는 식물도 많은지, 식물 모양이 우리나라와 다르지는 않은지 등등 궁금한 게 한둘이 아니었습니다. 신이 난 친구는 다음 날 동네 화원에 들러 새로 들여오려고 고민 중인 식물도 보여 주었습니다. 우리는 '이게 더 예쁘네, 저게 더 낫네' 하면서 한참 흥분했죠. 강산을 여러 번 바꿔 치웠을 만큼 오래된 우리 둘 사이에 태평양을 가운데 두고 또 하나의 공감대가 추가된 것입니다.

내친김에 대륙 반대편에 사는 또 다른 친구에게도 집에 있는 식물을 보여 달라고 했습니다. 훨씬 더운 지역에 사는 호탕한 성격의 친구는 의외로 수선화와 튤립과 난, 그리고 용발톱과 염자를 키우고 있었습니다. 마당에는 자잘한 잎이 풍성한 나무가 있

었고요. 왠지 커다란 잎을 자랑하는 키 큰 열대식물이 있으리라 생각했는데, 그런 건 가짜 몬스테라 잎 한 장밖에 없었습니다. 제 식물 사진 중에서도 여리기 짝이 없는 루비목걸이의 사진을 가장 맘에 들어 해서 내심 놀랐는데, 키우는 식물을 보니 바로 이해가 되었습니다. 식물에 관해 이야기하지 않았다면 잊고 지냈을 뻔한 친구의 진짜 취향이지요. 가끔 이렇게 먼 곳에 살아 자주 못 보는 친구들의 식물 사진을 들여다보며 친구들 생각을 합니다.

누군가가 키우고 있는 식물을 보면 평소에는 잘 꺼내 보이지 않던 그 사람의 마음 한구석을 엿보는 것 같습니다. 은연중에 제가 가지고 있던 편견을 깨는 의외의 식물을 키우는 것을 보면 그 사람이 보내는 은밀한 신호를 수신한 것 같아 흐뭇하죠. 식물을 키운다는 자체로 교집합이 만들어져 좋고, 같은 식물을 키우기라도 하면 해외에서 동포를 만난 것처럼 반갑습니다. 식물의 상태가 건강하면 '이런 재능이 있었다니' 하며 경외감이 들고, 식물이 비실거리면 '이 사람도 나 같구나' 하는 생각에 살짝 위안이 되면서도 저처럼 속상한 마음이 한편에 있겠지 싶어 어깨를 토닥여주고 싶습니다. 우리 포기하지 말자고요.

식물은 함께 사는 사람을 닮아간다는 말이 있습니다. 비실비실한 제 식물들을 생각하면 마냥 좋아할 만한 얘기는 아니지만 울림이 있는 말입니다. 누군가가 좋아하는 식물이나 키우고 있는 식물에는 그 사람의 취향이 담깁니다. 이건 보통 일이 아닙니다. 누군가의 또 다른 우주를 만나는 것이니까요.

식물이 주는 위로

펜덴스 *Cotyledon pendens*

─────────── ☀ 🌡 ───────────

절벽 바위 틈새에서 자라던 펜덴스는 환경이 못마땅하면 알갱이 같은 잎을 후드득 떨어뜨려 버립니다. 물을 너무 많이 줬을 때 특히 그렇습니다. 까칠하다고 느낄 수도 있지만, 그만큼 열악한 환경에 적응하기 힘들어하는 것이라고 볼 수도 있습니다. 그게 적응하는 방법일 수도 있고요. 어찌 보면 금방 싫은 티를 내서 바로 대처할 수 있게 해 주니 장점이기도 합니다. 다행히도 건조해지기를 기다렸다가 다시 물을 주면 금세 통통한 잎이 자란다고 해요. 아래로 늘어지면서 자라기 때문에 화분을 매달아 놓고 키워도 좋습니다.

빛 　햇빛을 충분히 받게 해 주세요. 빛을 충분히 받고 일교차가 커지면
　　 빨간색 테두리가 진해져요.
물 　잎이 쪼글쪼글하다 싶을 때 물을 주세요. 건조하게 키워야 합니다.
온도　0도 이하로 내려가지 않게 해 주세요.

펜덴스는 환경이 갑자기 바뀌어 낯설어지면 잎을 떨궈 버린다는 이야기를 듣고 어쩌면 식물도 낯을 가릴 수 있겠다는 생각이 들었습니다. 저는 낯을 심하게 가리는 편인데, 상황에 따라 전혀 낯을 안 가리는 척하기도 해서 제가 낯을 가린다고 하면 깜짝 놀라는 사람도 있습니다. 재밌는 점은 의외로 많은 사람이 자기가 낯을 가린다고 생각하는 것입니다. 말이 없고 조용한 사람은 물론이고, 처음 보는 사람에게 서글서글하게 웃으며 먼저 인사를 건네는 사람도 알고 보면 자신도 낯을 가린다며 자못 진지하게 이야기하는 것을 여러 번 보았습니다. 펜덴스 같은 사람이 은근히 많은 거죠.

낯선 환경에 적응하고 새로운 사람을 만나 자신을 드러내면서 서로를 알게 되는 일이 쉽게 느껴지는 사람은 많지 않을 것입니다. 어떤 사람은 그럼에도 불구하고 아는 사람이 늘어나는 것이 즐거울 수 있고, 어떤 사람은 혼자 있는 쪽이 훨씬 더 편안하고 행복할 수 있습니다. 어느 쪽이 맞고 틀리고의 문제는 아닌 것 같습니다. 오히려 혼자 있기를 좋아하는 사람에게 굳이 밖으로 나와 자꾸 사람들을 만나라고 강요하는 건 어리석다고 생각해요. 뼛속까지 옹골차게 집순이인 사람으로서의 자부심이지요. 그렇지만 저도 모든 사람에게 친구가 필요하다고는 생각합니다. 다만 친구가 꼭 많아야 할 필요도, 그 친구가 꼭 사람이어야 할 필요도 없다고 믿습니다.

그런 면에서 식물은 정말 좋은 친구입니다. 낯을 가리지만 그

래 보이지 않으려고 애쓰느라 지쳐 있다면, 혼자 있는 시간이 편안하고 소중하다면, 집에서 뒹굴뒹굴하는 것을 최고의 호사라고 생각한다면, 식물과 절친이 될 준비가 된 겁니다. 식물은 아직 마음의 준비도 안 되었는데 먼저 신상을 캐묻고 들어온다거나 잘 알지도 못하면서 나에 대해 이러쿵저러쿵하지도 않습니다. 제 못난 모습을 들킬까 봐 전전긍긍할 필요도 없지요. 물론 식물 킬러의 정체는 금방 눈치채겠지만요.

언젠가 '무교류 동호회'라는 곳을 소개하는 글을 본 적이 있습니다. 같은 취미를 가진 사람끼리 모여서 함께 취미 활동을 하지만 자기소개나 뒤풀이 등 친목을 위한 교류는 하지 않는 모임이라고 합니다. 이상하게 느껴질 수도 있지만, 동호회에 가입하는 회원 수는 점점 늘어나고 있다고 해요. 어떤 사람은 매우 공감된다고 했고, 어떤 사람은 그럴 거면 왜 만나냐며 이해가 안 된다고 했습니다. 제가 한 생각은 그 동호회의 회원이라면 대부분 식물과 좋은 친구가 될 수 있지 않을까 하는 것이었습니다. 예의에 어긋나는 일 없이, 각자의 영역을 침범하는 일 없이, 그러면서도 서로의 마음을 따뜻하게 나눌 수 있는 것이 식물과의 관계니까요.

그렇기 때문에 식물이 나름 훌륭한 노후 대책이 될 수 있지 않을까 생각합니다. 어르신들의 메신저 프로필 사진 중에 손주 사진 다음으로 식물이 많은 것은 결코 우연이 아닐 겁니다. 친구에게 집에 있는 식물의 사진을 보내 달라고 부탁하자 "이런 거 찍고 있으니까 우리 엄마가 된 기분이야"라고 합니다. 산이나 들에서 어른들이 가던 길을 멈추고 서서 들풀이며 꽃을 한참 들여다보다가 이름을 묻고 사진을 찍는 것이 예전에는 참 이해가 안 되었는데, 이제 조금씩 공감이 갑니다. 저도 언제부턴가 계절 따라 피고 지며 모양과 색이 바뀌는 식물의 모습에 감격스럽고 고마운 마음이 듭니다. 식물은 시간의 흐름이 서글픈 것만이 아닌, 자연스럽고 고마운 것으로 느끼게 해 줍니다. 아무리 작은 식물도 자신이 있는 공간에 생명력을 불어넣는 힘을 가지고 있습니다. 잘 관찰하면 생각보다 역동적이지만 결코 피곤할 정도로 요란을 떠는 법은 없지요. 서로의 진을 빼는 것이 아니라 조용히 채워 주는 관계에 대해서 알려 줍니다. 이런 식물이 주는 위로는 사실 누구에게나 필요하지 않을까요.

길에서 만난 식물

코르딜리네 레드스타 *Cordyline australis* 'Red Star'

───────── ☀ ☝ 🌡 ─────────

언뜻 길에서 흔히 볼 수 있는 잡초 같은 모습이지만 검붉은 버건디색이 특별한 분위기를 풍기는 코르딜리네 레드스타입니다. 이 식물의 색에 반한 이후로 길거리의 풀도 예사로워 보이지 않게 되었습니다. 모두 이만큼이나 아름다운 식물임을 알아볼 수 있게 해 주었죠. 특히 이렇게 자줏빛을 띠는 잎이나 가지를 만나면 더욱 눈여겨보게 됩니다. 드라세나와 매우 비슷해서 혼동하기 쉽지만, 오랜 시간 식물 족보상의 자리를 옮겨 다닌 끝에 서로 다른 속에 속하는 식물로 정리가 됐습니다. 진득한 색과 함께 양옆으로 우아하게 펼쳐지는 모양새도 남다릅니다.

빛 간접광이 충분히 들어오는 반양지에서 키워 주세요. 직사광선은 피하는 게 좋습니다.

물 물이 부족하면 잎이 쉽게 마릅니다. 봄부터 가을까지는 겉흙이 마르면 물을 충분히 주세요. 하지만 흙이 물에 잠길 정도로 많이 주면 안 돼요. 물을 준 후에는 꼭 바람이 잘 통하도록 해야 합니다. 공중에 자주 물을 뿌려 줘도 좋습니다. 겨울에는 속흙까지 말랐을 때 물을 주세요.

온도 높은 기온을 좋아하니 20도 이상으로 따뜻하게 유지해 주세요. 추위에 약하기 때문에 겨울에는 실내로 들이는 게 좋습니다. 겨울에도 10도 이상 되는 곳에서 키워 주세요.

식물에 관심을 가지면 은근히 좋은 점이 많습니다. 그중 하나는 길에서 만나는 식물이 모두 흥미진진한 볼거리가 된다는 것입니다. 알고 보면 우리 주변에는 식물이 지천으로 널려 있습니다. 시골은 말할 것도 없고, 도시에서도 가로수를 비롯하여 아파트 단지와 주택가의 화단이나 건물 사이 공터에 사는 다양한 나무와 풀을 만날 수 있습니다. 길 위의 식물을 눈여겨보게 만든 일등 공신인 코르딜리네는 건물 로비 화단에서 심심치 않게 만날 수 있지요. 그런데 더 주의 깊게 살펴보면 누군가가 키우고 있는 화분이 길 위에 나와 있는 것도 의외로 많이 구경할 수 있습니다.

늘 무심히 지나치던 골목에 놓인 화분들이 어느 날부터 이름을 아는 식물이 되면 그 골목이 좋아지고 지나는 길이 지루하지 않게 됩니다. 화분 주인을 찾아 관리법과 애로 사항부터 어떻게 이 식물을 만나게 되었는지까지 묻고 싶은 마음마저 듭니다. 식물이 잘 자라고 있다면 비결을 묻고 아파 보이면 개선 방안을 의논하고 싶습니다. 물론 왕초보인 데다 낯까지 가리는 처지라 실제로 그렇게 할 수는 없지만요.

식당에서 밥을 먹고 나올 때도 계산대 옆의 식물을 유심히 봅니다. 각자 사연이 있어 보이는 식물들을 구경하다 보면 계산을 마치고도 한참을 서 있을 수밖에 없습니다. 식당 열 곳 중 아홉 곳에는 돈나무라고도 불려 개업 선물로 명성이 높은 금전수가 꼭 있어서 식당에 갈 때마다 금전수를 찾아보는 것도 소소한 즐거움입니다.

　운동하러 가는 길에 오가는 좁은 골목은 처음에는 시간에 맞춰 헐레벌떡 뛰어가거나 운동이 끝난 후 땅기는 허벅지를 잡고 힘겹게 지나가야 하는 곳이었습니다. 그런데 골목의 식물들이 눈에 띄면서부터 달라졌습니다. 골목 초입의 국밥집 주인은 탁월한 식물 금손인 동시에 손도 크신 분이 틀림없습니다. 국밥집의 식물 컬렉션은 식당 앞을 따라 기역 자로 길게 자리 잡고 있는데, 주인 아주머니는 계절마다 한 식물에만 집중해 스티로폼 화분에 꽉 차게 심어 늘어놓습니다. 봄이면 보라색 나비 같은 사랑초가 가득히 자라나 꽃을 피우고, 여름에는 천일홍이 수북이 자리해 골목

이 아니라 꽃밭에 들어온 기분을 느끼게 합니다. 천일홍은 이름에 맞게 더운 여름을 너끈히 이겨 내고 가을까지 쭉 꽃을 피우고 있어 더욱 좋지요. 5층 빌라 주차장 앞 화단의 화사한 국화는 제법 바람이 쌀쌀해지고 나서야 피어 누가 조화를 꽂아 놓았나 하고 여러 번 가까이 가서 확인해 보았습니다. 골목 끝의 생선구이 집 앞에는 꽤 다양한 식물들이 나란히 서 있습니다. 그중에서도 키가 큰 꽃기린이 눈에 띕니다. 겨울에도 몹시 추워지기 전까지는 새빨간 꽃을 줄줄이 달고 있는데, 주인도 화분을 들여놓을 생각을 안 해서 초보에 겁까지 많은 저에게는 엄청난 고수들의 기 싸움처럼 보입니다. 꽃기린의 훤칠한 키와 굵고 단단한 줄기를 보면, 주인은 이미 꽃기린을 어떻게 다뤄야 하는지 잘 알고 있는 것이 분명해 보여 크게 걱정하지는 않습니다.

제가 좋아하는 콩국수 가게로 가는 길에는 로또 파는 집이 있습니다. 1등 당첨자가 두 번이나 나왔다는 현수막이 붙은 전통 있는 곳입니다. 그런데 제 눈에 그보다 더 대단해 보이는 것은 그 앞에 놓인 엄청난 다육식물 모음입니다. 가게 앞 바닥에도 잔뜩, 3층짜리 트레이들에도 잔뜩, 100개는 족히 넘을 것 같은 다육이 빼곡합니다. 그중 샛노란 색의 살구미인금은 제가 지금까지 본 다육식물 중에 가장 강렬한 노란색을 보여 줬죠. 플라스틱 화분에 담긴 식물은 하나도 없고, 모두 알록달록한 도자기 화분에 정성껏 심겨 있습니다. 상태도 무척 좋아 보이지만 저를 더 감동하게 한 것은 일일이 꽂아 놓은 이름표입니다. 작은 명패에는 이름과 함께 연월일까지 꼼꼼히 적혀 있습니다. 아마 식물을 데려온 날짜이거나 분갈이한 날짜일 수도 있겠죠. 하나하나 이름표를 꽂아 주는 것은 네가 어떤 식물인지 잊지 않겠다는, 또 너를 여러 식물 중 하나로 취급하지 않고 특별히 대해 주겠다는 마음을 담고 있는 것 같습니다. 저마다 이름표를 꽂고 햇빛을 받는 다육들은 로또 1등까지는 아니더라도 최소한 5만 원 이상은 당첨된 사람처럼 행복해 보입니다. 그 모습이 보기 좋아서 콩국수를 먹으러 갈 때 한 번, 오면서 또 한 번 로또 가게 앞에 멈추게 됩니다.

식물 구경을 하면서 길을 걸으면 조카가 아직 꼬맹이였을 때 함께 동네 빵집에 가던 게 생각납니다. 가는 길에 보이는 그네는 다 타 보고, 문방구에 걸린 장난감도 한참 점검하고, 지나가는 형 아들한테도 참견하느라 코앞의 빵집까지 가는 데도 30~40분씩 걸렸지요. 그때 조카의 마음을 이제는 좀 알겠습니다. 하나도 똑같은 게 없고 어제와는 어떻게 달라졌는지도 궁금하니 들여다보는 수밖에요. 어디든 눈에 보이는 식물을 실컷 구경하며 가려면 조카를 데리고 나갈 때처럼 시간을 좀 넉넉히 잡고 출발해야겠습니다.

길 위의 발견

공작단풍 *Acer palmatum* var. *dissectum*

— ☀ ⌂ 🌡 —

이 단풍나무는 수양단풍, 능수단풍, 세열단풍 등 다양한 이름으로 불리는데, 공작단풍이라는 이름이 가장 근사한 것 같아요. 아마 수양버들이나 능수버들처럼 아래로 늘어지는 가지 때문에 이런 이름을 얻었겠죠. 오묘한 색과 모양의 잎은 공작털을 연상시키기도 하고요. 여러 갈래로 깊게 갈라지는 잎은 붉은빛, 보랏빛, 자줏빛으로 물들고 가을이 되면 절정에 이릅니다. 일본에서 개량한 품종으로, 우아한 모양이 아름다워 우리나라에서는 물론 해외에서도 정원수로 각광받는다고 해요. 꽃말이 '편안한 은둔'이라고 하니 저로서는 좋아하지 않을 수 없습니다. 자라는 속도는 느려도 야외에서 키울 때는 크게 까다롭지 않다고 합니다. 하지만 화분에 심어 실내에서 키우기에는 상당히 어려운 식물 같아요.

빛   반양지에서도 잘 자라지만, 빛을 충분히 받는 것이 좋습니다.
물   흙이 촉촉하게 유지되도록 물을 자주 주어야 하지만, 물에 잠겨 있지 않게 해야 합니다. 물이 잘 빠지는 흙에 심어야 해요.
온도 온도가 너무 높거나 너무 추운 곳은 피해 주세요.

주로 꽃집에서 식물을 가져다 사진을 찍기 때문인지 처음에는 길에서 식물을 만나더라도 화분에 심겨 있는 식물들에게 더 관심이 갔습니다. 그러다가 슬슬 누군가의 화분이 아니라 골목이나 길거리가 곧 자신의 집인 식물에게 눈길이 가기 시작했습니다. 화단에서 깔끔한 모양새를 유지하며 자라는 식물부터 공터 혹은 야산에서 아무렇게나 자라는 식물까지 모두 화분 속 식물과는 다른 야생의 멋이 있습니다. 여름이나 겨울이나, 비가 오나 눈이 오나, 미세먼지 속에서도 굳게 뿌리를 내리고 계속해서 그 자리를 지키는 식물은 자연과 조금 더 가까운 느낌입니다.

야외에 사는 식물의 매력을 처음 발견하게 된 시점을 저는 정확히 기억합니다. 봄비가 뿌옇게 내리던 날, 늘 가던 길을 따라 아파트 단지를 빠져나가던 때였습니다. 재활용 쓰레기 수거장 옆에서 별안간 판타지 영화에 등장하는 숲에서나 볼 법한 신비로운 분위기의 공작단풍을 마주쳤습니다. 손으로 뜬 레이스처럼 섬세한 모양의 단풍잎이 땅을 향해 우아하게 휘어진 가지를 장식하고, 잎끝마다 빗방울이 아슬아슬 맺혀 있었습니다. 하늘을 향해 손을 뻗는 다른 나뭇잎과는 달리 바닥으로 늘어진 단풍잎은 연보라색부터 자주색, 연분홍색, 은회색 그리고 연두색, 초록색, 검붉은색까지 일일이 적당한 단어를 찾을 수 없을 만큼 수없이 다양한 색을 가지고 있었습니다. 옅은 안개가 나무를 감싸고 있어 마치 부드럽고 긴 털을 가진 전설 속 커다란 동물이 비를 맞고 서 있는 것 같았습니다. 이렇게 아름다운 나무가 여기에 있었나

싶어 한참을 서서 바라보았습니다. 그곳에 공작단풍을 심은 조경
사님께 감사하다고 편지라도 쓰고 싶은 심정이었습니다. 그동안
은 바로 앞에 있는 작은 장미 터널에 정신이 팔려 나무를 보지 못
했을 가능성이 큽니다. 하지만 그날의 안개와 빗방울은 화려한
장미보다 공작단풍을 훨씬 더 돋보이게 해 주었지요.

그리고 며칠 지나지 않아 꽃집에 가니 놀랍게도 작은 공작단
풍 가지가 하나씩 화분에 꽂혀 있었습니다. 운명이다 싶어 설레
는 마음으로 가져왔지만, 하루도 지나지 않아 제 것뿐만 아니라
꽃집에 있던 것도 모두 전멸해 버렸습니다. 순식간에 바싹 마른

단풍잎은 물을 주고 아무리 기다려도 회생의 기미를 보이지 않았습니다. 사진을 찍을 틈도 주지 않고 떠나 버린 것입니다. 무슨 이유 때문인지 알 길이 없지만, 아무래도 야외에 있는 것이 더 자연스러운 식물이라는 생각이 들었죠.

그 이후로 셀 수 없이 많은 아름다운 식물을 보물찾기하듯 길위에서 발견했습니다. 여행을 가서도 그곳 길 위의 식물을 구경하는 것이 중요한 일정이 되었죠. 카메라가 없으면 아쉬운 대로 휴대폰으로 사진을 찍어 놓고 나중에 이름을 찾아보았습니다. 끝을 빨갛게 물들인 하얀 먼지떨이 같은 꽃이 신기해 다가가 보니

단정한 모양새로 촘촘히 박힌 잎이 꽃 못지않게 화려했던 식물은 자귀나무였고, 미술관 뒤 정원의 화려한 꽃들 사이에 숨어 있던 은회색의 보송보송한 풀은 백묘국이었습니다. 도서관으로 향하는 좁은 골목은 해도 잘 들지 않는데 초롱꽃이 수북이 피어 괜스레 가슴을 뭉클하게 만들기도 했습니다. 예전부터 알고 있던 능소화나 새로 알게 된 흰독말풀도 골목길에서 쉽게 볼 수 있는데, 얘들이 이렇게까지 예뻤나 싶습니다. 꽃집이나 식물원에 가지 않아도, 화분을 사지 않아도, 누구나 오갈 수 있는 길거리에서 이토록 다양한 식물이 계절을 따라 변해 가는 것을 볼 수 있다니 감사한 일입니다. 집에 있는 식물을 생각하면 미안한 마음이 먼저 앞서는 왕초보도 길 위의 식물을 즐기는 데는 아무 문제가 없습니다. 식물의 생명력과 자연의 힘, 그리고 돌보는 분들의 손길 덕분이지요. 정신없이 길을 걷다가도 문득 멈춰 서서 들여다보며 좋아하는 마음만 슬쩍 보탭니다.

할머니는 금손

소철 *Cycas revoluta*

☀ 🪏 🌡

소철은 잘만 키우면 50년이고 100년이고 엄청나게 오래 사는 식물입니다. 얼마 전에는 중국에서 1,360년 된 소철이 꽃을 피워 화제라는 기사를 보았습니다. 소철의 꽃은 100년에 한 번 필까 말까 해서 안 그래도 인기 많은 이 소철을 보러 오는 사람이 더 많아졌다고 해요. 당연히 소철 꽃을 보면 행운이 온다는 전설도 있죠. 혹시나 꽃이 핀 소철을 보게 된다면 아주 귀한 장면이니 인증샷은 필수입니다. 소철의 잎과 줄기는 독성이 강하므로 반려동물이 있는 집에서는 조심해 주세요.

빛 햇빛을 많이 받는 게 좋습니다. 빛이 충분히 들어오는 곳에서 키우세요. 야외에 두었다가 갑자기 실내로 들여오면 잎의 색이 바랠 수도 있습니다.

물 겉흙이 말랐을 때 물을 주세요. 일주일에 한 번 정도 흙 속에 손가락을 한 마디 넣어서 흙이 말라 있으면 물을 흠뻑 주고, 아직 촉촉하면 2~3일 뒤에 다시 확인해 봅니다. 특히 소철이 처음 자리 잡을 때는 물을 충분히 주는 게 중요합니다. 물을 주고 난 후에는 흙이 물에 잠겨 있지 않게 해야 해요. 휴면기인 겨울에는 물 주는 횟수를 확 줄여 주세요.

온도 더위와 추위에 모두 강하지만, 가장 좋은 것은 춥지도 덥지도 않은 따뜻한 온도입니다. 빛이 잘 든다면 겨울철에 베란다에서도 월동이 가능해요. 햇빛이 너무 강하게 들어오는 창문에서는 좀 떨어뜨려 놓는 게 좋고, 난방기나 냉방기와도 가깝지 않게 두어야 합니다.

　요즘은 플랜테리어니 어반 정글이니 해서 식물 키우는 것이 꽤 세련되면서도 자연 친화적인 트렌드로 여겨집니다. 하지만 얼마 전까지만 해도 저에게 식물은 무언가 예스럽고 조금은 지루한, 어르신들의 취미 같았습니다. 다정하고 편안한 느낌이지만, 지금과 같은 관심과 경이로움은 없었지요.

　식물 킬러인 저와 달리 외할머니는 식물계의 마더 테레사이자 대장금이며 진정한 초록 엄지였습니다. 키우는 식물마다 쑥쑥 자라 할머니의 작은 화단은 울창한 정글 같았죠. 그 솜씨를 물려받은 엄마도 식물을 무척 잘 키웁니다. 제 손에서 비리비리해진 식

물도 엄마가 데려가면 신비한 초능력이라도 발휘한 것처럼 몰라보게 생생한 모습으로 변해 놀란 적이 한두 번이 아닙니다. 엄마의 집에서 새 생명을 얻은 식물들이 절 보면 행여나 다시 데려갈까 봐 식겁하지는 않을지 지레 미안해집니다. 데려가지 않을 테니 안심하라는 말을 전해 줄 수 있으면 좋을 텐데요. 식물 잘 키우는 초록 엄지의 유전자는 아쉽게도 이렇게 저의 대에서 소멸하고 마나 봅니다.

제가 외할머니에게 물려받지 못한 능력은 식물 키우는 것뿐만이 아닙니다. 할머니는 뜨개질 솜씨도 특출하셔서 어린 시절에는 겨울이면 항상 할머니가 직접 떠 주신 스웨터를 입고 다녔습니다. 하지만 격동의 사춘기가 찾아오면서 슬슬 할머니가 떠 준 홈메이드 스웨터를 구석에 밀어 두고 용돈을 모아 당시 유행하는 디자인의 옷을 사 입곤 했습니다. 그러면 할머니는 어느새 그 옷을 가져다가 다시 실을 풀어서 할머니 스타일의 장갑이며 조끼를 만들어 놓기도 하셨습니다. 털실은 할머니 마음에 들지만 옷은 마음에 들지 않을 때 일어나는 일이었지요. 자랑은 아니지만 저는 스웨터는커녕 간단한 목도리도 뜨지 못합니다. 할머니는 요리도 무척 잘하셨는데, 그 능력 또한 저에게는 발현되지 않고 있습니다.

저에게 식물은 오랫동안 할머니의 취미, 할머니의 세상이었습니다. 어릴 적 할머니 집에 가면 항상 너무 심심했습니다. 스마트폰 따위는 없던 시절, 하나 있는 TV는 할아버지 차지였기 때문에 제가 시간을 보낼 거리가 아무것도 없었지요. 거실 바닥에 심드렁하니 드러누워 바라보던 할머니의 식물을 떠올리면 그때 느낀 진한 지루함이 함께 되살아납니다. 지금처럼 식물에 관심이 있었다면 제법 재밌는 시간을 보냈을 텐데, 그 당시 꼬맹이에게는 무리였지요.

그때의 기억 속 한 장면을 차지하고 있는 식물이 바로 소철입니다. 할머니의 소철은 파란색으로 전통적인 문양이 그려진 하얀 도자기 화분에 담겨 있었습니다. 파인애플 같은 뚱뚱한 몸통 위로 솟아난 뾰족한 잎끝에 자주 찔렸었는지 따끔한 촉감이 생각

납니다. 할머니는 이따금 분무기로 잎에 물을 뿌리고 정성스럽게 닦아 주셨습니다. 꽃집에서 이 소철을 처음 봤을 때 어릴 적의 그 나른한 느낌이 정답게 살아나는 듯했습니다. 할머니의 화분과는 사뭇 다른 세련된 토분에 담겨 있었지만 그때의 소철을 다시 만난 것만 같았지요. 할머니가 돌아가신 지도 이제는 오래되어서 할머니의 화분들도 희미한 기억으로만 남아 있습니다. 하지만 할머니의 소철은 키가 조금 더 자란 채 엄마의 화단에 여전히 잘 살아 있습니다.

요즘 유행하는 이국적인 분위기의 식물 중에는 중남미나 아프리카 출신이 많은데, 소철은 가까운 중국 동남부 또는 일본 남부에서 온 식물입니다. 기운을 못 차릴 때 철분을 주면 살아나기 때문에 소철이라는 이름이 붙었다는 설도 있습니다. 마침 집에 생사가 의심되는 소철이 있어 어떻게 하면 철분을 공급해 줄 수 있을지 알아보았습니다. 가장 좋은 방법은 철분이 함유된 흙으로 분갈이하는 것이라고 합니다. 못 같은 쇳조각을 흙이나 소철의 몸통에 꽂아 두기도 하는데, 이건 효과가 없다고 해요. 뿌리가 살아 있다면 비실거리는 줄기를 잘라 내고 물을 주며 기다리면 새순이 돈다고 합니다. 때때로 부드러운 천으로 잎을 살살 닦아 주고 노래진 잎은 몸통 가까이 잘라 주면 좋습니다.

잎사귀를 닦아 주는 게 좋다는 걸 할머니는 어떻게 알았을까요? 인터넷도 없던 시절이고 책에서 봤을 것 같지도 않은데, 할머니의 엄마한테 배웠을까요? 아니면 본능적으로 아셨던 걸까요? 아무래도 식물을 잘 키우는 사람에게는 경험으로 얻은 지식뿐만 아니라 본능적으로 식물이 뭘 원하는지 알 수 있는 초록 유전자가 있는 것 같습니다. 비록 저에게는 물려주지 않으셨지만요.

야자를 닮은 모양 때문에 이국적으로 느껴지기도 하지만, 저에게는 추억의 식물인 소철을 보니 오래간만에 외할머니 생각이 많이 납니다. 상자 속에 넣어 뒀던 할머니표 스웨터를 꺼내서 조물조물 만져 봐야겠습니다.

고사리 스캔들

실버레이디 *Blechnum gibbum* 'Silver Lady'

———— ☀ ⛅ 🌡 ————

실버레이디라는 예쁜 이름을 가지고 있는 이 식물은 고사리의 한 종류입니다. 해고 (헤고)고사리로도 불리지만 사실은 서로 다른 식물이에요. 길어지면서 아치형을 그리는 다른 고사리와 달리 위로 쭉쭉 뻗으며 자라는 것이 특징입니다. 잎사귀는 고불고불하지만, 줄기에는 힘이 있어요. 고사리 잎은 공기정화 능력도 좋고 증산작용도 뛰어나 공기 중의 습도를 유지하는 데 도움을 줍니다. 여러모로 실내에서 키우면 유익한 식물이죠. 비염이 있는 사람에게는 건조한 겨울철에 특히 좋은 친구가 되어 주지 않을까 싶습니다.

빛 큰 나무가 만든 그늘에서 사는 식물이기 때문에 빛이 어른어른 들어오는 반그늘에서 키우는 게 좋습니다.

물 건조한 것도 어느 정도 견디지만 흙이 항상 촉촉한 게 좋아요. 특히 한참 자라야 하는 봄 중반부터 늦가을까지는 습하게 유지해야 합니다. 겉흙을 만져 보고 말랐으면 물을 흠뻑 주고, 겨울에는 주기를 늘려 속흙까지 말랐을 때 물을 주세요. 온도가 낮은 곳에 있다면 물을 줄여야 합니다. 잎은 촉촉한 걸 좋아하지만 뿌리가 계속 젖어 있으면 안 되므로 흙에 물을 자주 주기보다는 분무기로 뿌려 주는 것이 좋아요. 잎이 시들해지고 갈색으로 변하면 뿌리가 너무 습해서일 수도 있으니 확인해 보고 통풍에 신경 써야 합니다. 과습이 심각하면 분갈이를 해야 할 수도 있습니다.

온도 추위와 더위에 예민해요. 겨울에는 물을 줄이고 15도 정도에서 키우는 게 이상적입니다. 고온 다습한 환경을 좋아해서 온도가 높고 건조할 때는 물을 더 잘 줘야 합니다. 건조한 상태에서 너무 뜨거워지면 좋지 않아요.

　고사리는 줄기 끝까지 촘촘하게 자리 잡은 잎 모양이 섬세하고 잎 뒷면에 포자가 쭉 늘어서는 특성이 신비로움을 더하는 식물입니다. 고사리라고 하면 무쳐 먹는 고사리, 육개장에 들어 있는 고사리, 비빔밥에 올라간 고사리를 먼저 떠올리던 저에게 고사리가 이렇게 아름다운 초록 식물이었다는 것은 적잖이 놀라운 일이었습니다.

　고사리 하면 또 하나 떠오르는 것이 있는데, 바로 중학교 때 생물 선생님입니다. 당시 노총각이었던 생물 선생님(그때는 노총각으로 유명했는데, 지금 생각해 보니 한참 어린 나이였습니다)은 우리 학교의 아이돌이었습니다. 선생님은 감정 기복이 춤을

추는 질풍노도의 여중생들 모두의 연인이었고, 우리는 항상 설레는 마음으로 생물 시간을 기다리곤 했죠. 물론 수업이 시작되고 얼마 지나지 않아 설렘은 아득한 잠 속으로 사라졌지만요.

그런데 어느 날 선생님이 그야말로 청천벽력 같은 고백을 했습니다. "여러분, 제가 드디어 결혼하게 되었습니다." 순간의 정적후, 교실 안은 비명으로 가득 찼습니다. 하지만 선생님은 야속하게도 침착하게 말을 이어 갔습니다. "여러분이 모두 축하해 주시면 좋겠습니다." 비명이 절규로 바뀌는 것을 보면서 선생님은 수줍게 말씀하셨습니다. "제가 결혼할 분의 이름은… 고사리 양입니다." 선생님은 자못 진지해 보였습니다. 짝사랑의 정도가 유달리 심각했던 제 짝은 "으엉, 짜증 나. 이름도 예뻐!"라고 흐느끼며 책상 위에 엎어졌습니다. 무언가 선생님의 계획대로 흘러가지 않는 듯했습니다. "그렇지만 여러분, 제가 아무리 고사리 양을 사랑해도 우리는 결혼할 수 없습니다." 패닉에 빠진 우리를 보며 당황한 선생님이 서둘러서 말씀하셨지만, 우리 귀에는 이미 아무것도 들리지 않았죠. 선생님은 우리를 진정시키느라 진땀을 뺐습니다. 겨우겨우 고사리라는 양치식물과 결혼을 앞두지 않았으며 서로 다른 생물 간의 교배는 불가능하다는 것을 설명하고 싶었음을 말씀하셨습니다. 하지만 그딴 건 전혀 중요하지 않았습니다. 그래서 선생님이 고사린지 뭔지와 결혼을 한다는 건지 안 한다는 건지 몇 번을 확인하고 나서야 그날의 소동이 끝났더랬죠. 그러고 나서 아마 선생님은 원래의 계획대로 식물의 번식 방법에 관

해 설명하셨을 텐데, 그 부분은 일절 기억나지 않습니다.

1년쯤 뒤 선생님은 고사리가 아닌 인간 여성 분과 진짜로 결혼하셨고, 그때도 우리는 섭섭한 마음을 격렬히 표현하다가 이내 요란하게 어설픈 축하 파티를 열어드렸던 것 같습니다. 결혼식에도 한껏 멋을 내고 가서 소란을 떨며 박수를 쳐 대고 밥도 잔뜩 먹고 왔습니다. 그 뒤 선생님에 대한 관심은 자연스럽게 사라져서 죄송하게도 이후의 기억은 거의 없네요. 그리하여 제 머릿속에서 고사리는 영양가 높은 반찬인 동시에 아리따운 여성의 이미지도 가지고 있는 다소 복잡한 느낌의 식물이 되었습니다. 이 아름다운 고사리의 영어 이름이 실버레이디라는 것을 알고 왠지 웃음이 났던 것은 그 때문인 듯합니다.

야생마 같던 여중생들을 상대로 어떻게든 재미있게 생물을 가르치려고 애쓰셨던 생물 선생님의 신부가 될 뻔한 고사리는 볼 때마다 반갑습니다. 그때 지금처럼 식물을 좋아했다면 생물 시간이 진짜 재밌었을 거라는 생각도 합니다. 누가 하라는 건 재미없고, 해 봐야 아무 쓸모도 없어 보이는 걸 해야 꿀잼인 게 사람 마음인가 봅니다. 고사리가 속한 양치식물은 우리가 흔히 아는 식물과 달리 꽃이 피지 않고 포자로 번식하는데, 선생님은 아마 이걸 설명하고 싶었던 것 같습니다. 그런 내용은 하나도 떠오르지 않지만, 선생님 덕분에 스캔들 속의 고사리 실버레이디는 저에게 특별한 식물이 되었습니다.

슬프고 좋은 마음

애스키난서스 롱기카울리스(호야 카이라이)

Aeschynanthus longicaulis

우리나라에서는 호야 카이라이로 알려져 있는데, 호야는 아니에요. 정확하게는 도 저히 외워지지 않는 어려운 학명으로 부를 수밖에 없는 애스키난서스 롱기카울리 스입니다. 꽃집 천장에 달려 있어 잎 뒷면부터 보게 되었는데, 아래에서 올려다볼 때와 위에서 내려다볼 때 완전히 다른 모습을 보입니다. 잎의 앞면은 연둣빛과 초록 빛, 뒷면은 연노란빛과 보랏빛이 뒤섞인 화사한 무늬가 펼쳐지죠. 결코 한 가지 색 으로 설명할 수 없습니다. 한쪽에서 얼핏 봐서는 이 식물을 안다고 할 수 없지요. 가 까이 다가가 뒷면까지 살펴본 사람만 숨겨진 비밀을 발견할 수 있습니다. 생각보다 단단하고 두꺼운 촉감도 만져 보기 전에는 예상하기 힘듭니다. 립스틱플랜트 또는 트리쵸스로 알려진 애스키난서스 라디칸스*A. radicans*의 친척이에요. 에스키난투스 론기카울리스로 부를 수도 있습니다. 어느 쪽이든 쉬운 발음은 아니지만요.

빛   빛이 충분히 들어오는 곳에서 키워야 합니다. 하지만 직사광선을 많이 받으면 잎이 노래질 수 있으니, 직사광선 아래에서는 살짝 그 늘을 만들어 주세요.

물   잎을 만져 보면 두텁고 통통한 다육질입니다. 물을 너무 많이 주면 뿌리가 썩어 잎이 떨어지거나 줄기가 마를 수 있으니 물을 준 후에 는 잘 빠지게 해 주세요. 공중에서 수분과 양분을 흡수하는 착생 식물이기 때문에 공중 습도가 높은 걸 좋아해요. 종종 주변에 물 을 뿌려 주면 좋습니다. 공중 습도가 낮으면 줄기 끝이 마르고 자라 지 않는다고 해요.

온도   21~27도 정도의 따뜻한 온도를 좋아합니다. 겨울에도 15도 이상 을 유지하는 게 좋아요. 온도가 낮으면 잎이 떨어지고 성장이 느려 져요.

　식물 이야기를 나누면서 우리 모두에게 식물 이야기가 있다는 것을 깨닫게 해 주었던 친구의 이야기입니다. 아니, 정확히는 그 친구의 시어머니 이야기입니다.

　친구의 시어머니는 식물을 굉장히 잘 키우는 분이셨습니다. 저의 외할머니처럼 초록 엄지였던 거죠. 젊은 시절, 그러니까 제 친구의 시어머니가 되기도 훨씬 전 시어머니 집은 잘 자란 식물로 가득했다고 합니다. 시어머니와 시아버지는 동네에서도 금실 좋기로 유명한 부부였는데, 안타깝게도 시아버지께서 한참 젊은 나이에 세상을 떠나고 말았습니다. 어머니는 그 후로 몇 년을 매일 밤 울었다고 합니다. 무성했던 식물들도 그때 모두 죽었다고 해요. 오

랫동안 시어머니 집은 식물이 없는 집이 되었죠. 그리고 시간이
지나 제 친구가 며느리가 되었고, 곧 예쁜 손녀가 태어났습니다.
어머니는 손녀딸을 어마어마하게 사랑하셨고, 다시 식물을 키우
기 시작하셨습니다. 집에는 다시금 식물이 풍성하게 자라났습니
다. 하지만 어머니에게 병이 생겼고, 결국 며느리와 손녀딸을 뒤
로하고 돌아가셨습니다. 어머니의 집에는 친구에게 아주버니가
되는 큰아들이 남았습니다. 혼자 사는 아주버니가 식물을 돌볼
수 있을 거라고는 아무도 생각하지 않았죠. 하지만 놀랍게도 아
주버니 또한 초록 엄지였는지, 어머니가 키우던 식물 중 하나를

10년이 가까이 지난 지금까지도 잘 보살피고 있다고 합니다. 친구는 아주버니 집에 갈 때마다 그 식물이 잘 자라고 있는 것을 보고 온다고 해요.

친구와 시어머니의 관계는 특별했습니다. 친구는 시어머니를 정말 많이 사랑했습니다. 애증의 관계였던 엄마와는 달리 시어머니에게는 전폭적으로 의지하고 마음껏 사랑받았죠. 시어머니의 장례식장에서는 아들인 친구 남편이 오히려 친구를 잘 달래 주라고 저에게 부탁했을 정도였습니다. 장례식장 뒷방에서 힘이 쭉 빠진 친구의 어깨에 파스를 붙여 주던 생각이 납니다.

친구는 아주버니가 돌보는 식물을 보면 어떤 마음이 든다고 합니다. 어떤 마음인지는 잘 설명할 수가 없다고 했습니다. 어머니가 그립기도 하고, 위로받는 듯하기도 하고, 안심이 되기도 하고, 슬퍼지기도 하나 본데, 딱 꼬집어 말할 수는 없다고 합니다. 식물의 앞면만 보고는 뒷면의 이야기를 알 수 없는 것처럼, 시간을 들여 이곳저곳 관찰해야 또 다른 면이 숨어 있음을 알 수 있는 것처럼, 조금 자세히 들여다봐야만 하는 마음인 것 같습니다. "좋은 마음이야?"라고 물으니 그렇다고 합니다.

엄마의 집에도 돌아가신 외할머니의 식물이 몇 개 남아 있습니다. 그 식물들을 보면서, 그리고 그 식물들을 키우는 엄마를 보면서 저도 친구가 말하는 '좋은 마음'을 조금은 느낍니다. 더 화려한 색을 뒷면에 감춰 놓은 이 식물처럼 정작 중요한 건 늘 잘 보이지도 않고 설명하기도 힘든가 봅니다.

식물의 죽음
몬스테라 *Monstera deliciosa*

— ☀ 🪴 🌡 —

몬스테라는 아마 요즘 사람들이 가장 많이 찾는 식물 중 하나일 겁니다. 보기만 해도 싱그러운 커다란 초록색 잎은 집 안의 분위기를 조금이나마 자연에 가깝게 해주죠. 멕시코와 파나마 남부에서 자라기 시작해 하와이, 세이셸 등 열대림이 무성한 곳으로 퍼지게 된 식물입니다. 열대의 느낌을 그대로 간직하고 있는 잎이 인기의 비결로 보입니다. 식물이 잘 자리 잡고 나면 구멍이 뚫리거나 깊이 갈라진 잎이 나오면서 열대의 정취가 작렬하게 됩니다.

빛   간접광이 오래 들어오는 곳에서 키워 주세요. 한겨울이 아니라면 직사광선은 피하는 게 좋습니다.

물   봄가을에는 겉흙이 마르면 물을 주고, 겨울에는 주기를 늘려 건조하게 키우는 게 좋아요. 과습에 약하므로 흙이 계속 젖어 있지 않게 주의해야 합니다. 하지만 공기 중의 습도는 높은 걸 좋아해요. 간간이 잎에 물을 뿌려 주고 부드러운 천으로 닦아 주면 좋습니다. 추위에 약해서 찬물을 주면 위험해요.

온도   겨울에도 15도 이상을 유지해 주세요. 추위에 많이 약하니 겨울이 오면 꼭 실내로 들여놓아야 합니다.

커다란 몬스테라 잎이 시들어 가는 걸 지켜봤습니다. 한 장만 꽂아 두어도 존재감이 큰 몬스테라 잎은 가지에서 꺾인 채로도 꽤 오랫동안 싱싱한 모습을 유지합니다. 하지만 당연하게도 시간이 오래 지나면 결국은 시들어 버리죠. 탄탄했던 잎은 점차 탄력을 잃어 구불거리고 강렬했던 초록색은 서서히 노란빛을 띱니다. 그러면서 잎맥은 더욱 뚜렷하게 드러나지요. 사진을 찍으면서 조금씩 더 눈에 띄는 그 모습에 마음이 갑니다. 꽃병의 물을 갈고 더는 자르기 미안할 만큼 짧아진 줄기를 또 한 번 자르고 잎에 물을 뿌리면서 조금이라도 수명을 늘리려 하지만, 이미 커다란 잎은 자신이 갈 길을 가고 있습니다. 사진을 찍어 두길 잘했습니다.

식물을 키우는 사람이라면 식물의 죽음에도 익숙해지게 됩니다. 식물을 잘 키우는 고수도 많은 식물을 만나는 만큼 떠나보낸 식물도 여럿이라고 이야기하죠. 초보는 웬만하면 잘 죽지 않는 식물을 찾고, 고수는 그런 식물은 없다는 걸 잘 알고 있습니다.

잘린 몬스테라 잎은 멋진 인테리어 소품이지만, 줄기에서 잘린 만큼 적절히 물꽂이를 해서 뿌리를 내리는 데 성공하지 않는 이상 결국 시들어 버리는 것은 시간문제입니다. 그래서 조금은 더 준비된 마음으로 시들어 가는 모습을 지켜볼 수 있습니다. 싱싱하게 살아 있을 때와는 또 다른 아름다움을 목격하게 되죠.

잘 지내는 줄 알았던 식물이 어느 순간 힘을 잃어 가면 여간 초조해지는 것이 아닙니다. 그런가 하면 집으로 데려온 순간부터 무섭게 시드는 식물도 있습니다. 축 늘어진 잎, 잎에 진 주름, 노랗게 변한 색깔, 말라 버린 잎끝, 수상한 색의 반점 등 이상을 나타내는 징후는 다양합니다. 저는 대부분 무엇이 문제인지도 모르는 채 가슴이 내려앉습니다. 모르는 게 많은 것이, 그리고 모른다는 핑계로 게을렀던 것이 죄책감을 불러옵니다. 시간이 지나면 다시 살아나거나 한쪽 잎이 져 버리는 대신 다른 쪽에서 새잎이 돋아나는 경우도 있지만, 그대로 죽어 버리는 일도 허다합니다. 살아날 수 있다는 희망을 품어도 되는 시기는 언제까지인지, 또 아무리 노력해도 생명을 되돌릴 수 없는 시기는 언제부터인지, 식물은 잘 보여 주지 않습니다. 식물에게서 생명이 빠져나가는 모습은 살아 있을 때의 모습만큼이나 다양합니다. 어떤 식물은 끝

까지 우아함을 유지하고 어떤 식물은 전혀 미련을 남기지 않습니다. 하지만 결국 시간이 지나 죽음에 완전히 가까워진 식물은 비슷한 흔적만 남깁니다.

제가 처음으로 식물에 관해 썼던 글은 죽은 식물에 대한 것이었습니다. 식물이 왜 죽었는지 공부하거나 식물의 죽음에 대해 진지한 고찰을 하기 위해서가 아니라, 식물을 좋아하지만 초록 엄지는 갖지 못한 초보이다 보니 슬프게도 가장 익숙한 것이 죽은 식물의 모습이었기 때문입니다. 그만큼 식물을 키우는 데 소질은 없지만, 그래도 식물을 좋아할 수는 있다는 것을 강조하고 싶은 마음도 있었습니다.

식물의 죽음은 식물의 삶만큼이나 당연합니다. 그렇다고 마음이 아프지 않은 것은 아닙니다. 때로 우리를 가장 아프게 하는 것은 우리가 당연하다고 생각하는 일입니다. 당연한 일이 일어나서 슬프고, 당연한 일이 일어나지 않아서 슬픕니다. 식물의 죽음을 덜 보기 위해 식물을 들이지 말아야 할지, 식물과 함께하는 시간만큼 식물의 죽음도 끌어안을 용기를 내야 하는 건지, 나약한 초보는 고민하지 않을 수 없습니다.

식물을 선물하는 마음

에피필룸 *Epiphyllum anguliger*

---------------- ☀ ☞ 🌡 ----------------

요즘 제가 가장 키워 보고 싶은 식물 중 하나인 에피필룸 앙굴리에르는 아직 우리나라 이름이 없어 어려운 학명으로 불러야 합니다. 생선뼈선인장으로도 불리지만 이 이름에 더 어울리는 식물은 따로 있고, 유각공작이라는 이름도 있지만 이 역시 친숙하지 않습니다. 해외 식물책에서나 봤던 이 식물을 처음 만났을 때는 정말 특이해 보였는데, 어느새 널리 알려져서 지금은 비교적 쉽게 찾아볼 수 있습니다. 앞서 소개한 셀레니세레우스 안토니아누스와 너무 비슷해 구분하는 데 애를 먹이는 선인장이지요. 둘 다 잎 모양이 지그재그를 그리지만 셀레니세레우스가 더 생선뼈 모양에 가깝고, 이 식물은 미역과 더 닮았어요. 이것도 충분히 자랐을 때나 구분할 수 있는 특징입니다. 어렸을 때는 둘 다 둥글둥글하고 어정쩡하게 생겨서 구분하기 어려워요.

빛   간접광이 드는 반양지에서 잘 자랍니다. 아침과 오후에 잠깐 직사광선을 받을 수 있으면 더 좋아요. 하지만 직사광선을 너무 오래 받으면 아래쪽부터 상할 수 있으니 조심해야 합니다. 늦여름에서 초가을까지 빛을 충분히 받으면 꽃을 피우는 데 도움이 됩니다.

물   성장기인 여름에는 물을 충분히 주되 흙 전체가 너무 젖어 있지 않게 저면관수 하는 것도 좋아요. 휴면기인 겨울에는 물을 줄여 주세요.

온도   따뜻한 실내에서 키우는 게 좋습니다. 겨울철에는 조금 서늘한 곳에 두어야 휴면기 동안 푹 쉬고 봄여름에 더욱 건강해진다고 해요. 그래도 10도 이하로 떨어지는 것은 좋지 않아요.

처음으로 은사님의 전시회에 가던 날이었습니다. 벌써 오래전 일이지만, 꽃집에 들러 한참을 고민하다가 화분 하나를 골라서 사 들고 갔던 게 생각납니다. 옛날 일이기도 하고 지금보다 더 식물을 몰랐던 때라 어떤 식물을 샀는지는 잘 기억나지 않습니다. 어렴풋이 꽃 한 송이가 피어 있는 길쭉하고 작은 화분이었던 것만 생각납니다. 꽃다발 대신 화분을 사기로 마음먹은 이유도 잘 생각나지 않습니다. 가난한 학생이라 돈 쓰는 데 한껏 신중할 때였으니 비싸지는 않아도 마음을 담을 수 있는 기분 좋은 무언가를 사고 싶었던 것 같습니다. 식물에 전혀 관심이 없던 시기였는데, 식물이 그런 선물이라고 생각했다는 게 신기합니다. 선생님과 그리 친하지 않을 때라 무척 조심스럽게 화분을 건넸고, 선생님은 기쁘게 받으셨죠.

시간이 많이 흘러 선생님과 친해진 후, 선생님이 식물을 선물받는 것을 그리 좋아하지 않는다는 사실을 우연히 알게 되었습니다. 선생님은 제가 식물을 선물한 적이 있다는 것을 기억하지 못하셨고, 저도 그때는 제 선물에 대해 잊고 있었습니다. 한참 지나서야 제가 식물을 선물한 전력이 있다는 게 생각났지요. 뒤늦게 그 식물이 어떻게 되었을지 새삼 궁금해졌습니다.

선생님의 아내는 시간 날 때마다 정원을 가꾸는, 식물을 사랑하는 분입니다. 정원 일을 하면서 피할 수 없는 벌레의 위협에 대처하는 법과 초록 엄지를 타고나지 않은 사람이 초록 엄지가 되어 가는 과정을 이야기해 주셨죠. 제가 선물한 식물도 운이 좋았

다면 그분의 손에 넘겨져 정원에 심어졌을 수도 있을 것 같습니다. 그렇다면 제가 상상할 수 있는 제 선물 최고의 해피 엔딩이겠지요.

식물이 좋아지고 나서 보니, 식물에 큰 관심이 없는 사람도 식물을 좋은 선물이라고 생각하는 것이 재미있습니다. 친구의 딸은 한창 범접하기 힘든 사춘기의 포스를 내뿜는 중학생인데, 그런 딸내미가 작년에 엄마 생일이라고 용돈을 모아서 사 온 선물이 식물이었다고 합니다. 친구가 보내온 사진을 보니 게발선인장이었습니다. 이름 그대로 게의 발처럼 생긴 몸통에 앙증맞은 꽃

눈이 올라오는 개성 넘치는 선인장이지요. 삐죽삐죽하지만 은근 귀여운 구석이 있는 게 사춘기 딸이 엄마에게 선물하기에 딱 맞는 식물입니다. 딸의 선물인 만큼 잘 키워 보려 했는데 언젠가부터 마음처럼 안 자란다며 친구는 속상해했지만, 그 정도면 충분히 잘 키웠다고 위로해 주었습니다.

식물을 사랑하는 사람에게 식물 선물은 말할 것도 없이 특별한 의미를 가집니다. 앞서 이야기한 적 있는 친구의 시어머니처럼요. 처음으로 며느리의 집에 오시던 날, 어머니는 화분을 선물로 사 오셨다고 합니다. 친구의 말로는 손가락 한 마디만큼씩 자라는 식물이었는데, 친구가 물을 잘 안 줘서인지 간격이 1센티로 줄어들었답니다. 그 설명만으로는 도무지 무슨 식물인지 알아낼 수 없습니다. 꽃집에서 한참을 무엇이 좋을지 고민하다 그 식물을 선택한 어머니가 주인에게 이름을 물어보자 퉁명스럽게 이름은 알아서 뭐 하냐는 대답이 돌아왔다고 합니다. 어머니는 며느리에게 투덜대며 그 이야기를 하셨는데, 친구는 선물 받은 화분을 볼 때마다 설레는 마음으로 식물을 고르다 괜히 기분이 상하셨을 어머니가 떠올랐다고 합니다.

어머니는 돌아가셨고, 그분이 선물한 식물도 세상을 떠나서 이제 그 이름을 알아낼 길은 없어진 듯 보입니다. 하지만 이름 모를 어머니의 식물은 선물 이상의 의미를 남겼습니다. 이름이 무엇이건 며느리를 기쁘게 해 줄 생각에 신중히 식물을 고르던 어머니의 마음은 고스란히 남았습니다. 이름은 알아서 뭐 하냐던 꽃집 주인의 불퉁스러운 말이 결국 맞는 얘기였을 수도 있겠네요.

선물하는 식물의 이름을 모를 수도 있고, 그 식물이 오래 살지 못할 수도 있습니다. 심지어 받는 사람이 식물을 안 좋아할 수도 있지만, 식물 선물은 특별한 마음과 함께 전해집니다. 식물을 선물하는 마음은 식물을 잘 모르는 사람에게나 식물을 잘 키우는 사람에게나 똑같이 따뜻합니다. 머지않아 저 자신에게 이 긴 이름의 선인장을 하나 선물해야겠습니다. 한결같이 왕초보인 채로, 굼벵이보다 느린 속도지만, 그래도 끝까지 책을 써낸 것을 칭찬하는 의미에서요.

글솜씨도 없는 데다가 집에 있는 식물은 모두 죽음의 문턱에 몰아넣는 제가 식물에 대한 책을 쓰다니 참 희한한 일입니다. 초보를 넘어 킬러라 해도 손색이 없는데 어쩌다가 이런 일이 일어났는지, 서점에 있는 근사한 식물책들을 보며 덜컥 겁이 납니다.

처음의 마음은 제 곁에 잠시밖에 머물지 못하는 식물의 모습을 기록해 두고 싶은 것이었습니다. 경험에서 우러나오는 지혜는 없지만, 제가 만난 식물에 대해 알게 된 것도 정리해 두고 싶었죠. 그게 모이다 보니 그동안 발견한 식물의 아름다움을 식물과 친해지기를 망설이는 사람들에게 보여 주고 싶어졌고, 어느새 식물 초보 동지들과 고민을 나누겠다는 용기까지 내게 된 듯합니다. 책을 쓰면서 '이렇게 열심히 식물 공부를 하다 초보에서 벗어나 버리면 어쩌지' 하는 허무맹랑한 걱정이 들기도 했습니다. 그러나 책을 다 쓴 지금, 다행히도(?) 저는 여전히 확실한 식물 초보입니다. 책을 쓰는 동안에도 부지런히 식물들을 떠나보냈지요.

갑자기 공부를 좀 한다고 해서 식물을 잘 알게 되는 것은 물론 아니었습니다. 틀린 내용을 써 놓았을까 봐 두렵고, 이도 저도 아닌 두루뭉술한 결론밖에 못 내린 것도 맘에 걸립니다. 보통 집에서 키우는 식물 중 제가 좋아하는 식물과 제가 하고 싶은 이야기에 어울리는 식물 위주로 선택하다 보니 우리나라에서 자생하는 식물에 관심을 두지 못한 점도 아쉽습니다.

책을 쓰면서 달라진 것이라면 조금 더 짙어진 식물에 대한 애정이라고 할 수 있습니다. 생명 존중의 차원에서라도 좋아하는 식물을 무조건 다 키울 수는 없지만, 대신 사진을 찍으면서 적당한 거리를 두고 선선하게 사랑을 표현합니다. 그리고 정말 운명이라고 느껴지는 식물이나 이런저런 기회로 제 곁에 오게 된 식물을 돌봅니다. 서투른 보호자 품에서도 어떻게든 적응할 방법을 찾아낸 식물도 있고 날마다 생사가 의심스러운 식물도 있습니다. 그렇지만 누구의 삶에나 식물은 필요하다고 생각합니다. 아침에 일어나 일상을 시작하기 전이나 지친 하루를 끝내고 집에 돌아와 잠시 식물을 관찰하며 안녕을 살피는 시간을 갖는 것은 우리 자신의 삶을 돌보는 방법이기도 합니다.

식물은 살아 있는 생명체이기에 어떤 식물도 하나의 기준으로 단정 지어 설명할 수 없습니다. 태어난 곳을 떠나 우리 집으로 온 식물이 적응하는 방법은 종종 예상을 뛰어넘습니다. 죽이기가 더

어렵다는 식물이 하루아침에 보란 듯이 떠나는가 하면, 분명 봄
에 꽃을 피우는 식물이 어느 겨울날 꽃봉오리를 내미는 일도 생
깁니다.

우리가 접하는 정보가 맞고 안 맞고를 섣불리 판단하기보다는
정보를 바탕으로 성실히 관찰하면서 내 식물만의 성격을 파악해
서로 적응하는 과정을 겪어야 합니다. 진짜 식물 고수는 정보를
많이 모으고 공부만 해서 되는 것이 아니라 식물을 많이 키워 보
고 죽여 보기도 한 사람이 다다를 수 있는 경지인 것 같습니다.
그러니 식물 초보는 무엇보다 마음이 급해지면 안 되겠습니다. 앞
으로 식물과 함께 겪어야 할 시간을 의지하는 수밖에요.

고수이든 초보이든 어떤 식물을 어떻게 키우고 있든, 식물을
키우면서 결국 나를 들여다보고 사람들의 삶을 바라보게 되는
것은 똑같을 듯합니다. 그러면서 식물과 사람이 생각보다 비슷한
구석이 많고, 식물에게 배울 점도 은근히 많음을 발견하게 됩니
다. 그 과정이 즐거울 수 있도록, 또는 그 과정을 시작할 수 있도
록 하는 데 조금이라도 도움이 된다면 저는 참 행복한 식물 똥손
이겠습니다.

셀 수 없이 많은 식물을 만들어 주신 하나님, 항상 가장 따뜻한 응원을 해 주시는 부모님, 대책 없는 글을 정성껏 감수해 주시며 초보를 감싸 주신 황환주 교수님, 아낌없이 식물을 내어 주고 40plants를 시작하게 해 준 꽃집 사장 여준, 최고의 뮤즈이자 조력자가 되어 준 윤예를 비롯하여 불쑥 물어보는 질문에도 친절히 답해 주신 여러 식물 전문가님들, 이런 편집자만 있다면 세상에 좋은 책이 더 많을 것 같은 구나영 편집자님, 그리고 너그럽게 제 모델이 되어 준 모든 식물들에게 감사합니다.

2020년, 여름

이정현

참고 문헌

도서

권지연, 『오늘부터 우리 집에 식물이 살아요』, 북센스, 2018
댄 토레, 『선인장』, 김의강(역), 니케북스, 2019
리처드 버드, 『정원사를 위한 라틴어 수업』, 이선(역), 궁리, 2019
마츠야마 미사, 『꽃보다 다육이』, 강현정(역), 해든아침, 2013
박양세, 『선인장 다육식물 원색도감』, 교학사, 2006
박원순, 『식물의 위로』, 행성B, 2019
어반북스 콘텐츠랩, 『식물수집가』, 위즈덤스타일, 2016
와타나베 히토시, 『관엽식물가이드 155』, 김현정(역), GREEN HOME, 2012
원종희(자운영)·월간 플로라 편집부, 『우리집 다육식물 키우기』, 소리들, 2010
원종희(자운영)·월간 플로라 편집부, 『우리집 다육식물 이름알기』, 플로라, 2013
이소영, 『식물 산책』, 글항아리, 2018
이소영, 『식물의 책』, 책읽는수요일, 2019
이완주, 『베란다 식물학』, 지오북, 2012
이태용, 『식물 읽어 주는 아빠』, 북멘토, 2017
전영은, 『화초 기르기를 시작하다』, 하서, 2013
정수진, 『식물 저승사자』, 지콜론북, 2018
제갈영, 『베스트 공기정화식물』, 이비락, 2012
최정윤, 『식물을 들이다』, 수작걸다, 2018
캐로 랭턴·로즈 레이, 『식물과 함께 사는 집』, 김아림(역), 디자인하우스, 2017
파와폰 수파난타나논, 『선인장 바이블』, Blue Garden(감수), 북커스, 2019
하가네 나오유키(감수), 『다육식물도감』, 김효정(역), YUNA, 2019
한인애, 『아파트 화분 생태계』, 클, 2018
B.C. 월버튼, 『미세먼지 잡는 공기정화식물 55가지』, 김광진(역), 중앙생활사, 2019

인터넷 사이트

국가농업기술포탈 '농사로' www.nongsaro.go.kr
국립생태원 www.nie.re.kr
국립수목원 www.forest.go.kr
꿈꾸고 준비하는 귀농 카페 cafe.naver.com/pinkrubje
나무꾼의 가드닝 앤 피싱 블로그 blog.naver.com/hoeun68
농촌진흥청 국립원예특작과학원 www.nihhs.go.kr
농촌진흥청 네이버 포스트 post.naver.com/my.nhn?memberNo=1610070

다육노리터 cafe.naver.com/norihouse
다육이엄마의 베란다&테라스 가드닝 블로그 blog.naver.com/pass9937
들꽃피는정원 블로그 blog.naver.com/designws88
바람꽃의 다육식물원 인스타그램 www.instagram.com/succulent_wind
비단선인장 www.cactus.or.kr
세원선인장 www.sewonshop.kr
식물작업실 그로우즈 인스타그램 www.instagram.com/growoods
왕가네농장 보성농원 블로그 blog.naver.com/wsh7037
이소영의 식물 라디오 네이버 오디오클립 audioclip.naver.com/channels/268
잼프로젝트 네이버 포스트 post.naver.com/my.nhn?memberNo=34566379
조인폴리아 블로그 blog.naver.com/join9488
홀릭스의 룸 앤 테이블 블로그 blog.naver.com/junevievee
Suave-Echeveria 블로그 blog.naver.com/caralwh1
Cactiguide.com cactiguide.com
International Crassulaceae Network www.crassulaceae.ch
Llifle www.llifle.com
Plants of the World plantsoftheworldonline.org
Wikipedia www.wikipedia.org
World of Flora Online www.worldfloraonline.org
World of Succulents worldofsucculents.com

인터넷 페이지

계란계란, 「유사과학 탐구영역 – 1. 미세먼지 흡수식물」, 『다음 웹툰』,
    2017.11.09   webtoon.daum.net/webtoon/viewer/46031
이소영, 「[이소영의 도시식물 탐색] 우리 집의 스투키는 진짜 스투키가 맞을까?」,
    『서울신문』, 2018.06.07
    www.seoul.co.kr/news/newsView.php?id=20180607029005
전혜영 기자, 「코로나로 '식물테라피' 인기… 공기정화 효과 진실은?」,
    『헬스조선』, 2020.05.26
    health.chosun.com/site/data/html_dir/2020/05/26/2020052603201.html
홍영진 기자, 「우리집 공기청정기, "어머님, 이 식물들을 집에 들이셔야 합니다"」,
    『경상일보』, 2019.03.12
    www.ksilbo.co.kr/news/articleView.html?idxno=685734#08fn

포토그래퍼의 반려식물도감

당신의 친구가 될 식물을 찾아 주는 식물 사진관

초판 1쇄 인쇄 2020년 8월 20일
초판 1쇄 발행 2020년 8월 25일

글·사진 이정현

펴낸이 김연홍
펴낸곳 아라크네

출판등록 1999년 10월 12일 제2-2945호
주소 서울시 마포구 성미산로 187 아라크네빌딩 5층(연남동)
전화 02-334-3887   팩스 02-334-2068

ISBN 979-11-5774-666-8 03810